講談社文庫

夜かかる虹

角田光代

講談社

目次

夜かかる虹　7
草の巣　101
解説　藤田香織　227

夜かかる虹

夜かかる虹

何気なく顔を上げるとTVの画面に見覚えのある顔が大映しにされていて、チャンネルをかえようとする修平に思わず「待って」と叫んでいた。何？　こういうの、好きなの？　と訊く修平に返事をするのも忘れ、私はじっと画面を見据える。けれどカメラはもう別の顔をとらえていた。

こういうの、と修平が言うのは集団見合いのような番組で、恋人の欲しい一般の男と女が応募してそれぞれパートナーを選ぶ内容だった。そういう番組があることは知っていたけれど、TVに顔をさらしてまで恋人を捜す人たちの気持ちもわからないし、番組には短い時間内に恋人を選ぶためのフリートークの場面も相手に告白する場面ももりこまれているのだが、人気があるのはやっぱりそれなりに整った顔立ちの男女で、それを見ているのもあまり面白いことではなく、チャンネルを合わせてまで見たことはない。自分の部屋に恋人が来ていればなおさら、そんなものを見ている自分を見られたくなかった。けれど私は画面に顔を近づけて、さっきちらりと映った女の姿を捜していた。食い入るように集団見合いに見入っている私の後ろ姿を、多分不思議そうに修平は眺めている。

熱に浮かされたような司会者の声とともに、また、見覚えのある顔が画面に映し出される。大きく胸の開いたシャツを着た女は、四、五人の男に囲まれて、赤く塗った唇を横に広げて笑っている。その女は私とよく似ている。そのことに修平は気づいていない。カメラに向ってピースサインを作る女の下に、その名前が文字としてあらわれるまで、その女が自分の妹だとは信じられなかった。いや、信じたくなかった。肩越しにこっそりと修平を振り返り、彼が私と同じ名字の女を見ていないことを確認する。修平は横になって漫画雑誌をめくっていた。

画面がスタジオにいる司会者とゲストを映し出すと修平は顔を上げ、

「この女ってさ」とゲストを指す。「若い男がすっげえ好きなんだぜ、隣の部のやっとさ、CM撮りかなんかで一緒になったら、そいつまで誘ってくるんだって」

いつもだったら修平の喜びそうな受け答えをするところなのだけれど、そんな余裕もなかった。名前しか知らない女優が名前も知らない彼の社内の男と寝ようが寝まいが関係ない。そう、と短く言って私はひたすら画面を見続ける。場面がスタジオからVTRに移るのを待ち続ける。

男が目当ての女のもとへ行って花を差し出す、告白の場面になる。一人の男がリカコのところへ走ってくると、わらわらとほかの男たちも走ってくる。彼等は彼女の前に花を差し出し、ぺこりと頭を下げる。それをぐるりと見渡してリカコはカメラに視線を向ける。そして本当に困ったような顔をして笑い、

「どうしても一人じゃなきゃいけないのよねえ?」

と、その場にいる司会者に訊く。聞き慣れた甘ったるい声。司会者は苦笑している。リカコはさんざん迷った挙句《あげく》一人の男から花を受け取る。自分のことを男たちが、カメラが、カメラを通して大勢の視線が見ていることを充分に意識してリカコは顔を上げ、笑い、照れ、喜んで見せる。見慣れたその顔が不意に人の顔に見えなくなる。鼻の頭にできた大きなにきびとか、生理が来たことを知らず汚してしまったスカートだとか、恥ずかしいあまりにそこだけをじっと見つめ、意味も形もぼやけてしまったただ醜悪で無気味なものに思えてくる。

二人で手をつないでその場から去っていく様子をカメラはずっと追い、それに気づいてリカコは振り向きざま、手をつないだ男に大袈裟《おおげさ》にキスをする。面白がって司会者が、叫ぶように何か言っている。得意げな表情でカメラから遠のいていくリカコは私の目にやっと人の顔に映り、それを意識したとたん私は弾《はじ》かれたように慌《あわ》ててチャンネルをかえた。何を言っていたのかわからない司会者の大声だけが耳の中に残っている。ほかのチャンネルで流れるシャンプーのコマーシャルをわけもなく凝視する。ふいに熱くなった耳の熱が顔じゅうに広がり、鼓動が早くなっていく。修平は漫画雑誌に顔を押しつけるようにして眠っていた。眠っていてくれてよかったと、無性に修平を愛しく感じる。

明くる日の夕方、修平が帰り支度を始めるころ電話が鳴った。持ち上げた受話器からどこかねじのゆるんだような口調が聞こえてきて、思わず舌うちをしてしまいそうになる。うまく隠れていたのにすぐ見つけだされて、大声で名前を呼ばれたような気になる。

「ああフキちゃん？　私ね、引っ越したの、電話番号変わったから、言っとくね。いい？　ちゃんとメモしてね。そういえばここね、フキちゃんのアパートの近くなんだ。フキちゃんちって、南口でしょ？　私のところは北口なの。このへんてさあ、家賃安いと思わない？」

リカコはなかなか番号を言わず、だらだらとしゃべり続ける。どうしてこの子はこういうしゃべり方をするんだろう。もっと普通に話せるはずなのに、実の姉相手にこんなに甘えた声を出して、恥ずかしくならないのだろうか？　受話器の小さな穴から、甘くて粘りのある液体が流れ出てきて私の右手を覆い始めるような、そんな気がする。得体の知れないその液体に全身が包みこまれないように、シャツのボタンをはめている修平の動きを見つめた。昨日TV見たわよと言い出すことができず、切れ目なく続くリカコの話に、そう、そう、そう、そう、と相槌《あいづち》をうち続けた。そう、そう、繰り返している私を修平が不審そうに覗きこむ。

「だれ？」

受話器を置くと修平が訊く。

「母親。元気かとか、ちゃんと食べてるかとか、そんなこと」

とっさに嘘をついた。

短大を卒業して、就職を機に私が独り暮らしを始めると、一年後、高校を卒業するのを待ちかまえていたようにリカコも家を出た。正月や盆に実家に帰ってもリカコは帰ってきていないことが多く、もともと一緒に買い物を楽しんだり二人で親に言えない打ち明け話をし合ったり、そんな仲ではなかったし、私にとって顔を合わせることのない妹はすっぱりと忘れて構わない存在だった。けれど、忘れかけたときをねらったかのように彼女は電話をかけてくる。ねっとりした不快な感触を私の耳になすりつけてくる。うち新聞とってないんだけど、今日の六時半って野球？　それともサザエさん？　そんなことを訊いてきたり、お母さんの誕生日って、六月だっけ五月だっけ？　と訊いてくる。受話器を潜《くぐ》る甘い声の向こうには、いつも大勢が騒いでいる気配がしていた。あるいは引っ越しの連絡。いつも何か問題を起こしているのではないかと思えるほどリカコは引っ越しを繰り返していて、そのたびに、「何かの時のために」と律儀に電話をかけてきては新しい番号を告げる。その「何か」がいったいなんなのか、私は知らないし、きっとリカコも知らないのだと思う。何回もメモした電話番号を私からまわしたことはただの一度もないのだから。

「じゃあ、早く帰れそうなときは電話する」

そう言って修平は出ていく。アパートの廊下を歩いていく修平のシャツが風に膨らむ。修平の後ろ姿が見えなくなってから私は玄関のドアを閉め、することもなくさっきメモした八つの数字を見下ろした。きっともう見ることもないだろうから、丸めてごみ箱に放り投げてもよかったけれど、私はそれをちぎってアドレスに挟んだ。

リカコ本人が私の目の前に姿を現したのは、引っ越しの電話をもらってから一週間もしないうちだった。ずいぶんと会っていなかったけれど、私の目の前に立つリカコを見て久し振りだと思えないのは、TVの画面に映った彼女が鮮明に頭に残っていたせいだった。

「よかった、フキちゃんいなかったらどうしようかと思ってたんだ。でも絶対いるような気がして来ちゃった。私の勘って当たるでしょ」

玄関に立ったまま、得意げにリカコは言う。リカコの背後に、まるで彼女を見守るように紫色の夕焼けが広がっている。

「入れば」

私は顎で部屋の中を指した。リカコは自分で玄関の戸を閉め、そろそろと部屋に足を踏み入れる。部屋に入ってきたリカコに背を向けグラスを用意していたので、リカコのうしろに背の低い痩《や》せた男がついてきているのにしばらくしてから気がついた。

冷蔵庫から氷を出すときに男と目が合った。びっくりして手を止める私に男は小さく頭を下げる。

「相変わらずきれいに暮らしてるんだねえ」リカコは顔じゅうで笑う。「まったく私の部屋とは大違いだよ。うちなんてさ、もう荒れ放題だよ。マットレス敷いてベッドにしてたのね、この前何気なく持ち上げたら、その下、黴《かび》がびっしり！　もうびっくりしちゃってさあ、それでそこ出たんだけど。ね？」

電話とまったく同じに脈絡なくリカコはしゃべり続け、ときおり男に相槌《あいづち》を求め、風呂場を開けたり押し入れを開けてみたり、間違い捜しをするみたいにあちこち確かめて歩く。その姿に何だか無性にいらいらして、

「坐ってよ、落ち着かないから」

小さな子供を叱るような口調で言った。リカコは言われたとおり腰を下ろす。男も遠慮がちにその隣に坐る。

「この子、ユキちゃん。ほら、アニメのハイジに出てきた白い山羊覚えてる？　あれに似てるから、ユキちゃん」

天井を見上げたり窓の外を眺めたり、落ち着きなく目玉を動かす合間にリカコはそ

う男を紹介した。男はさっきと同じ仕草で頭を下げる。

「ルームメイトを紹介しに来たの？」

「ユキちゃんはルームメイトじゃないの。今までルームメイトだったけど、今度は別になるんだ。ね？　そういえばユキちゃんのほうは、もう部屋決まったんだっけ？」

母親の誕生日を確かめるにしろ新しいアパートへの行き方を説明するにしろ、何かしら用事があって来たのだろうけれど、リカコはなかなか用件を言わず隣に坐った男とただ話している。手持ちぶさたなので目の前に坐ったリカコを私はじっと見つめた。

私とリカコはよく似ている。子供のころは、きっとリカコは生まれてくる前に神様に直談判に行き、三つ上の姉をお手本にして私を作って下さいと頼んできたんだと思っていた。そればかりか、申し合わせたわけでもないのに、今目の前にいるリカコは私とまるで同じ髪型をしている。一卵性の双子のようにどこもかしこも、親が間違うくらい似ていてくれるならまだいいのだ。似ていて、そして決定的に何かが違う。たとえば数日前の番組に出ていたのが私だったとしたら、きっとあの男たちは私のまわりを取り囲まないだろう。人はその決定的な違いをすぐにかぎ取る。そのくせ、それを言葉にできなくて似ているのねと平気で口にするのだ。楽しげに男と言葉を交わしているリカコを目で追って、明日髪を切ろうと私は決心する。

「どうしたの、突然来たりして」

髪を切ろうと決めてしまうと、さっきまでいらいらしていた気持ちは少しだけおさまり、私は彼等の会話に入りこんでそう訊くことができた。

「そういえばさ、フキちゃん会社やめて花嫁修業してるって本当？　お母さんに聞いたけど。花嫁修業って具体的にどんなことするの？　花嫁学校みたいなのがあるわけ？」

明らかに話をはぐらかしている口振りでリカコは訊いてくる。

「花嫁修業なんてしてない。会社やめるって言ったらお母さんが勝手にそう思いこんだだけ。そんなことより、急に何しに来たの？　花嫁学校のことについて訊きに来たの？」

「何よう」リカコは唇をつぼめる。「何か用がなきゃ、来ちゃいけないわけ？　そんなふうに、つっけんどんに言わなくたっていいじゃない。フキちゃんてね、昔からこうなんだよ。だから安心してね、『何しに来たのよ』って、不機嫌で言ってるわけでも怒ってるわけでもないから。ほらフキちゃん、そんな言いかたするからユキちゃんビビっちゃって、足も崩せないでいるんだよ」

「すいません、突然来て」

男は真顔でそう言うので、なんだかきまり悪くなる。自分が、場違いな場所で駄々をこねている困った子供に思えてきて、仕方なく、笑顔を作り男に名前を訊いてみた。いったいリカコはこの男をつれて何をしに来たのだろうとずっと考えながら、二人の話を聞いたり彼等の会話に口をはさんだりした。おなかが空いたとリカコは勝手にピザを頼み、私は痩せっぽちの山羊のような男とうちとけられないまま一緒に食事をした。うちとけられない私と男に気を使うことはいっさいせず、リカコ一人がリラックスして好き勝手にしゃべり続け、にぎやかなような静かなような、奇妙な食事だった。

リカコはなかなか帰ろうとせず、十二時近くなってようやく腰を上げたが、

「煙草切れちゃったからちょっと買ってくる。フキちゃん何か買ってきてほしいものない？　ビールでも買ってくる？」

と言った。何時までいるつもりなのか訊きたかったけれど、また初対面の男に謝ら

れそうで、

「じゃあビールをお願い」

と半ばやけくそでリカコに千円札を差し出した。

リカコが出ていくと部屋の中は静まり返る。男は自分の掌《てのひら》をこすっている。骨張った白い手がこすられてうっすらと赤味を帯びていくのを見つめて、何か話題はないかと捜した。

「今までリカコと一緒に住んでいたらしいけど、あの子何か迷惑かけなかった？」

「いや、べつに」

男はうつむいたまま消え入るような声で答える。会話は終ってしまい、あなたはリカコの恋人なのかとか、どうして別々に暮らすことになったのかとか、訊きたいことはあったけれど本人に訊けそうなことは思いあたらずTVをつけた。クイズ番組の饒《じょう》舌《ぜっ》な司会者が、今私の置かれている状況を察してくれているかのように静けさを埋めていく。背を丸め首だけ持ち上げて男はTVを眺めている。かすかに口を動かし、出される問題に答えているふうなので変な男だと思った。

じっとTVに見入っている男の着ているもの、くたびれたTシャツや色褪《いろあ》せたジーンズ、余分な肉のついていない白い腕やそこを這《は》う青い血管を観察していたが、リカコの帰りがいやに遅いことに気がついた。三十分以上たっている。

「リカコ、道に迷ったのかな」

口に出したけれど、聞こえなかったらしく男はまだクイズの答えを口の中でつぶやいている。なぜこんなに時間がかかるのか、時計とＴＶと坐る男を順繰りに見続けているうちに、リカコが出ていってから一時間がたってしまった。

「ちょっと捜してくる」

立ち上がると男はようやく顔を上げ、

「リカちゃん、もう帰ってこないのかも」

泣きそうな顔で弱々しい声を出す。

「何それ、どういうことよ」

言いながらリカコの電話番号を押した。だれも出ない。耳の中でしつこく繰り返すコールの音を聞きながら、なぜ今日リカコがここへ来たのかようやくわかった。わかったけれど具体的に何が起きたのか理解できずに、二十回のコールを聞いてからもう一度、

「どういうことなのよ、これは」男に訊いた。「どうしてリカコは一人で帰ったの？　煙草買いに行ったんじゃないの？　あなたはどうするのよ、姥捨《うばす》て山じゃないんだから、ここは。リカコの部屋に行きなさいよ、知ってるんでしょ？　場所」

「リカちゃん、ひどいよ」

男は泣きそうな声を出す。こんな時間に知らない男と二人きりにされて、こっちのほうが泣き出したい気分だった。

「これが答えなんだ。これがリカちゃんの答えなんだ」さっきクイズの答えをつぶやいていたのと同じように男は口の中でつぶやいている。「引っ越そうってところからもう答えだったんだ。この間ＴＶ出るから見てねって言ってたのは、それ見て状況を察しろよって、そう言いたかったんだ。ぼくにひどいこと言えないから、だからＴＶ見てねって言ったんだ。でも会ってって頼んだら簡単にＯＫしてくれたから、いいんだと思ってた。心のどこかで引っ越しは本当に黴《か》びたマットが原因だと信じてた。だから住むところは別になっても今までどおりだと思ってたんだ。でもこんなのって、ひどいよ」

「確かにひどいけど、とりあえず、あなた帰ってくれない？　これ、リカコの電話番号だから」

男はそのままボールにでも変わってしまうんじゃないかと思うくらい背を丸めて後悔の念らしきことをつぶやいていたが、ふいに顔を上げ、

「今日ここに泊めて下さい」と何か決意したようなしっかりした声で言った。「すみっこでいいんです。あっちの台所の床でいいんです。始発が走るころ出ていきます。ぼく、今、帰る部屋ないんです。リカコさんと一緒に住んでたところ勝手に処分されて、まだ部屋見つかってないんです。昨日まで友達のところに泊まっていたけどそこ追い出されて、リカコさんに言ったらじゃあ何とかしてあげるって、それで今日会ったんです」

男が何か決意しようが後悔しようがまったく私には関係ないのだが、この男を精神的にも物理的にも困らせているのが自分の妹だと思うと、無下に帰れと言えなかった。どんなふうに言えば私が断われないかこの男はたぶん知っていて、わざとそういう言いかたをしているようにも取れ、それはまさにしょっちゅうリカコが使っている手だったので、類は友を呼ぶという言葉は事実らしいと感心した。

二時をまわってから男が少し眠りたいと言うので、台所に布団を敷いて私はベッド

に潜りこんだ。暗闇の中で男のかぶった薄い布団が小刻みに動き続けているので眠れなかった。泣いているのだろうかと思った。電気をつけて男の枕元に行き、彼等の間にあったすべての事情と、リカコのしたすべての「ひどいこと」を聞き出したい衝動にかられた。そして、リカコのどこが好きだったのか、どの部分にひかれたのか、こんなにばかげた厭《いや》がらせをされてリカコを憎んでいるか、憎んでいるとしたらどのくらい憎いのか、眠りに落ちるまでのおとぎ話みたいに話して聞かせてほしかった。

うつらうつらしだしたころ身体が変に重たいので目を開けた。開け放した窓から差しこむ月明りに、青く染まった男の顔がすぐそこにあった。

「ちょ、ちょっと、なんなのよ」

何が起きているのか理解できずにそれだけ言うのがやっとだった。男は私にのしかかり、布団をはぎ片手で私の頭を抑えて白い顔を押しつけ、片手で胸をまさぐっている。ひどいよ、リカちゃん、ひどいよ、ぬるりとした息は私の耳元でそういう言葉になる。Tシャツをめくり乳房をつかみ、もう片方の手を頭から離して壊れたぜんまい人形みたいに身体じゅうに這わせている。

「やめてよ、あんた何してんのよ、私はリカコじゃないってば」

力いっぱい押しのけると、案外簡単に男はベッドから落ちた。落ちた姿勢のまま動かず、白い顔を思いきり歪めている。間違って成長しすぎてしまった虫みたいだと一瞬思った。床でかすかにうごめいている気味の悪い生き物を私は蹴りつけた。やめさせようとしているのか男は私の足に両腕をからめる。その両腕をもう片方の足でがんがんと踏みつける。振動でベッドサイドに置いてあった文庫本が床に落ちる。吸い殻のたくさん詰まった灰皿がテーブルでかたかたと音をたてる。手を伸ばし枕を取ってそれで何度も男を叩いた。枕が手を離れて飛んでいってしまうと拳をつくって殴った。男は私の足を両腕で抱いたまま身体を丸めていて、自分がどこを殴っているのかわからなかったけれど、私は手を上げ続けた。頭の奥で氷が溶けていくように感じる。輪郭を緩めるようにじわりと水滴を広げて溶けていく、くっきりと冷たい氷。それがとても懐かしい感触だと、頭の隅のほうで思った。男を殴るたび、蹴りあげるたび部屋が揺れる。もうすぐだ、もうすぐだと、喉元で言葉が叫び出されるのを待機している。額から顎に一滴どろりとした汗が流れ落ちるのを感じ、頭の中で溶けていく氷が私に快感をもたらしていることを知った。

「出ていけ」

私は怒鳴った。そう怒鳴らなければ、べつの言葉を叫び出しそうだった。男は匍匐《ほふく》前進をするように床を這い、靴を握りしめて振り返らずにドアの外に消えた。すっきりと色褪せた夜空が一瞬ドアの外に見えた。


耳の下でばっさりと切った髪を見て修平は、

「切っちゃったんだ。前のほうがよかったな」

と無神経なせりふを吐いた。

まったくどいつもこいつも、と、何があったのか歌うような調子で言いながらTVの前に坐りこみ靴下を脱ぐ。後ろ姿がいつもの場所に腰を下ろすのを確かめて私は夕食の準備をする。前のほうがよかったという言葉が冷たい風みたいに、あらわになった首の表面をなでる。鍋の中で湯気をたてるスープの表面に一瞬髪の長いリカコの顔が浮かんだ。

ああそういえば、だれそれ知ってる？　と背中で修平は私の知らない名前を出す。

「だれ？」

振り向かずに訊いた。

ほら最近、やたらコマーシャルに出てる。落ちない口紅とか、ビデオのコマーシャルに出てるんだけど知らないかな。今度イベントやるんだよね、そいつ使って。それでこの前会ったんだけどさ、もうすげえの。遅れてきてすみませんも言わないし、バイトの子が飲み物出して、マネージャーがお礼ぐらい言えって言ったらそいつ、頼んでないとか言うし。

背後で流れるTVの音声から修平の声を抜き取り、スープの鍋をかきまわす。私の知らないタレントの話をしていても同僚の失敗談をしていても、いつも彼の声は同じトーンで私に届き、そのことにとても安心する。温めすぎたスープの表面がぐらぐらと沸いている。さっき浮かんだリカコの顔は鍋の底に沈みこんだ。

食事を終えて修平は横になり、煙草に火をつけた。私は煙ごしにぼんやりした顔の修平を眺める。

「変かな」

そう訊くと、修平は私のほうを向き、きょとんとした顔で「え?」と訊く。

「何が?」

「髪」

「ああ、それもいいよ。さっぱりしてて」

　そう、と食器を重ね始めると、いきなりインターホンがたて続けに鳴り出した。ピンポン、ピンポン、ピンポン、ピンポン、何ごとかと慌てて玄関を開けると、リカコが立っていた。

「この前ごめんね。いろいろあってさ。おわびに、ビール買ってきた。この間の千円もビールに変えてきた」

　走ってきたのか、息を切らしてリカコはコンビニエンスストアのビニール袋を目の高さに上げて笑う。

「友達が来てるから、帰ってくれる?」

「友達? 私にも紹介してよ」

　リカコはビニール袋を押しつけ、私の傍をすりぬけて部屋に上がっていく。仕方なくあとに続くと、上半身を起こした修平が驚いてリカコを見上げている。

「私、フキちゃんの妹のリカコです。よろしくね」

「ええ? フキコ妹なんていたの? ああびっくりした。あ、ぼくは北村修平といいます」

癖なのか、修平は名刺を出して渡している。ビールとグラスを二人の前に置いた。リカコは私をつつき、修平を横目で見ながら、

「友達じゃないじゃん。ごめんね邪魔して」

と面白そうに言った。

「この前さあ、ビール買いに行ったらね、酒屋さんでばったり友達に会っちゃってさあ。それもすごく久し振りに。でね、三十分くらい立ち話してたの、そのうちに私すっかり忘れちゃって、その子と飲みに行っちゃったんだよねえ。あ、これ、本当だよ、フキちゃん。嘘みたいだけど。それにしてもここは涼しいねえ、うちクーラーないんだよね」

おそらく私に怒る隙を与えさせないために、リカコはいつもより早口でべらべらとしゃべり続ける。修平はリカコと私を交互に眺めている。多分、妹がいるなどと一度も聞かされていなかったから驚いているのだろうけれど、その視線がまるでどっちのすいかが甘いか見定めている主婦のようでいやな気持ちになる。

「あれっ」テーブルの隅に重ねてある食器を見てリカコは大声をあげる。「晩ご飯だったの？　フキちゃんて、ご飯作っちゃったりするの？　へえええ、信じられない。

ねえ、もう残ってないの？」

「残ってないわ」

「フキコって、実家では作ったりしてなかったの？」

修平が話に加わる。

「しないよ、私もフキちゃんも。うちのおかあさん、料理ものすごくうまいから、やる必要なく育ったの。ずいぶん前だけど、おかあさんが留守で、私とフキちゃんでぎょうざか何か作ってさ、あんなの失敗するわけないのに、なんだかまずーくなっちゃって、おとうさん食べるふりして庭に穴掘って捨てたんだよ。だから私たち姉妹は一生料理できないと思ってたんだけど、ねえフキちゃんの料理っておいしい？」

「おいしいよ、今度作ってもらったらいいよ」

初めて会った人とうちとけるためにそうしているのか、それとももううちとけてしまったのか、リカコは私に話すように屈託なくしゃべり続ける。

「うちってね、子供のころ、外食禁止令が出てたの。ね？　フキちゃん。デパートに行っても遊園地に行っても外食しちゃいけないの。どこ行くにもお弁当持参。デパートの屋上や遊園地のベンチで、かならずお弁当広げてみんなで食べるの。子供はとにかくおとうさんがよくつきあったと思うわ」リカコは空いてしまったグラスに自分でビールをそそぎ、思い出したように修平にもつぐ。「だからね、おかあさんが唯一無二のコックだったの。手伝えとか作れとか要求されたこともなかった。たまに作ると穴掘られちゃうし。私もさ、高校生ぐらいになるまで、外で食べるものってびっくりするほどまずいものだって信じてたんだ。でもおとうさんはさ、外食がものすごく好きでさ。だからこっそり一人でいろいろ食べちゃうんだよね。日曜日の昼間、散歩行ってくるってうなぎ食べに行ったり、電車乗りついでラーメン食べてきたりして、それがかならずあとでばれてもう大変。そこのラーメンは私の料理よりもおいしいのかって、おかあさん目に涙浮かべて叫び出すし、私たちも怒って口きいてあげなかったり。それっておいしいもの一人で食べてきたから怒ってるんじゃないんだよ、おかあさんの作ったもの食べなかったから怒ってるの」

リカコは話をやめようとしない。酔っ払っているのかとリカコを見るが、さっきと変わらない表情で話し続けている。その話のどこに興味を持ったのか、修平は片手でグラスを握りしめ身を乗り出すようにしてリカコの話を聞いている。

「遠野家の大改革があったのが私が高校生のときでね、私つきあってた子に牛丼食べさせてもらったの、そしたらそれがおいしくてさ。もう目から鱗。それである日みんなの分買って帰ってあげたの。おとうさんはべつに珍しくもなさそうに食べてたけど、意外にもおかあさんがハマっちゃってさ。次の日、私に二千円渡して、『あのお弁当を帰りに四つ買ってきてほしい』って。もうそれから毎日毎日、晩ご飯は牛丼。フキちゃん四日目くらいにじんましん出ちゃって、おとうさんがもういい加減にしなさいって怒ったんだけど、私たちはおかあさんの味方だったよね。フキちゃんもじんましん出しながら『汁が多め少なめって頼めるの知ってた?』とか言っちゃって。本当にあの年は、VIPカードもらっていいくらい牛丼屋に貢献したよね、私たち」

リカコの思い出話に触発されたように、話がとぎれると修平も「ぼくのところはさ」と自分の話をしはじめ、なんだか私は話に入りそびれたまま、修平の脱ぎ捨てた靴下と、リカコが床に捨てた煙草のセロファンと、つぶされて倒れているビールの空き缶の位置を確かめるように何度も見つめて、リカコの話を頭の中で繰り返していた。

リカコの話す一つ一つのことがらは、忘れかけてはいるものの決して作り話ではなかった。確かに幼いころ外出先でレストランに行った覚えはないし、どこでもかしこでも母親のお弁当を広げていた。母親が牛丼に凝ったのも知っている、じんましんを出したことも覚えている。けれどリカコの口から語られるその家族は、私のよく知っている人たちで構成されているようには思えないのだ。友人の家に呼ばれて、そこで会った話好きのおかあさんが語り始める他人の家族の話を聞かされているのと似ていた。そんなことがあったんですかと思わず言ってしまいそうだった。缶が空になるとそれをつぶし、新しい缶のプルタブを開けリカコは話し続けている。へえ、北村くんちってそういうふうだったの。うちなんかはね、うちのおかあさんはね、おとうさんは、おねえさんはね。私はただそこにじっと坐りこみ、耳を澄ませてリカコの声を追った。父の友人たちが遊びに来たときの話。飲めない母親が酒を飲んで苦しいと訴え、慌てて父が救急車を呼んだときの話。高校の文化祭で着る私の仮装行列の衣装を家族じゅうで選んだときの話。どれもこれも知っているはずだった。酔っ払った父の友人たちの持って来た手土産が屋台のたこやきだったことも、母親が飲んだ小さな瓶に入ったカクテルも、これを着ろと父が昔の剣道着を出してきたことも。湯気をたてるたこやきもカクテルのしゃれた瓶も古びた胴着もくっきりと思い出せるのに、それらを手にする人たちはぼんやりと霞んでいる。じっと聞いていればいつか、たこやきの先に、カクテルの先に、差し出されたいろんな衣装の先に見知っている顔が現われるはずだと耳を澄ますが、そうすればそうするほど彼等の姿は遠くなり、まったく知らない顔が浮かんできさえしそうだった。

話すだけ話して十二時が過ぎたのを確認し、

「楽しかった。また来るね」

それだけ言ってあっさりリカコは帰っていった。

「うるさいでしょ、あの子。酔っ払ってたのかな」

空き缶を片付けながら修平に言うと、

「幸せな家庭に育つと屈託ないって、実証するような妹だな」

修平はそう言った。

修平の横で、私は眠れずにぽちりと明るいクーラーの電源を見ている。リカコの話を何度も頭の中で再生し、リカコの記憶の中で、姉である私は、あるいは幼いリカコはどこにいるのだろうと思った。リカコの語るその現実は、まるで透き通った湖に映る、似ているけれど決して同じではない、ゆらゆら揺れる景色のように私には思えた。クーラーのスイッチを切って、闇に沈みこむようなテーブルの傍らに、さっきまでそこでぺちゃくちゃとしゃべり続けていた女の顔を思い描いた。よく似ているけれどまったく違う環境で育ってきたような、私によく似た女の顔を。

リカコが生まれたころのことをぼんやりとだが覚えている。突然現われた赤ん坊は古びたベビーベッドに寝かされて、黒目を小刻みに動かしていた。しょうゆの染みこんだ目玉焼きみたいなその黒目の、不安定でせわしなげな動きを、父と母に囲まれて私は見ていた。思わず突き立てた指が食いこんだ、ピンク色の頬の感触も覚えている。それは今まで私の持っていたどんなおもちゃよりも柔らかく生温かったので、私は突き立てた指に力をこめ、赤ん坊は顔を歪ませた。だめよフキコ、おいたしちゃ。頭上から柔らかい母親の声が降ってきた。

リカコが生まれたことで私のまわりが変わり始めたことも覚えている。今まで私に向けられていた視線は滅多《めった》にこちらを向かなかった。泣き声をあげても何かをねだっても、私の声は赤ん坊の声にはかなわなかった。私は透明人間になりつつあるのではないかと真剣に考えた。だれにも見てもらえずだれにも話しかけてもらえずに、そのうち食事どきの私の茶碗も用意されなくなるのではないか。私を中心にしてできあがっていた暖かく居心地のいい輪から、その小さな手と真似できない泣き声でリカコは私をやんわりと押し出したようにも思えた。

小さくてぐにゃりとした生き物は床を這いまわるようになり、白い歯を生やし、短い言葉を口にするようになり、立ち上がって私のあとを追い始めた。父も母も訪れる人たちもみな、肉塊でできたぬいぐるみのようなリカコを抱き上げて鼻を近づけ、顔を弛める。階段の陰で、襖《ふすま》の向こうで私はこっそりと自分の腕や足の匂いを嗅いだ。リカコから発する甘い匂い、あの特別な匂いは私のどこからも嗅ぎ取ることができなかった。

母親がリカコのお守りを私にまかせて近所に買い物に行ったとき、いつものようにリカコと遊んでいた私は、たまたまキッチンに落ちていたスーパーのビニール袋をリカコにかぶせてみた。リカコは面白いのか白い袋の中で声をあげて笑った。笑い続けるリカコを引き寄せ、ビニール袋の取っ手を首のところできつく結んだ。覚えたばかりの蝶々結びはリカコのふっくらとした首にくいこんでいた。リカコは火がついたように泣き出した。白い袋を取ろうと、リカコは小さな腕を持ち上げてよたよたと動く。私はそれを指して笑い転げた。くぐもった泣き声はだんだん遠くなり、ふと笑うのをやめて目の前の奇妙な人形を見据えた。不思議に遠い泣き声をあげながら不規則な動きを繰り返している、のっぺらぼうの人形。薄い布きれで身体を一撫でされたように、全身に小さな突起物が浮き上がっていた。身体のどこか、手の届かない部分がびっくりするほど熱くてくすぐったかった。私は鳥肌を立てたまま突っ伏して泣き始めるリカコを眺めていた。

母親が帰ってきてその姿を見つけ、叫び声をあげてビニール袋を引きちぎった。白い袋から、顔をこれ以上ないほど赤くして泣いているリカコが現われた。死んじゃうじゃないの、こんなこと絶対にしちゃいけないの、母親はものすごいけんまくで私を怒鳴りつけた。そのあまりのけんまくに呆気にとられ、身体じゅうから鳥肌がすっと引いていくのを感じた。面白いTV漫画が終わってしまったように、身体の中で熱かった部分も熱を放出し始める。自分の身体がいつもどおりの状態に戻っているのが不思議だった。

食事のとき、私の隣には父が、正面にはリカコと母親が坐っていた。リカコはスプーンを握りしめてぼろぼろとテーブルにこぼしながら食べる。ときには気に入らないもの、熱すぎるものをぺっと吐き出す。母親が横からそれを拾い上げ、リカコの小さな口に入れる。食事の間じゅう、リカコの頬は乾燥した食べ物で汚れていた。食事が終わると母親がおしぼりでていねいに口のまわりを拭き、白くふっくらとした汚れのない頬が現われる。私はいつもじっとリカコを見つめていた。つるりとした額や、汚れの落ちたうっすらと赤い頬、輪ゴムのあとがついたようなふくふくした足。それらをじっと見ていると、大声で叫び出したいようなたまらない気持ちになるのだった。

やがて私はリカコをほかの場所へ連れ出して遊ぶようになった。母親に邪魔されることのない場所をいつも捜していた。近所の公園でリカコと石ころを集め、家に持って帰ろうと水道でそれらを洗ってから、私はリカコに口を開けさせる。いくつ入ると思う？　そう言って、おとなしく顔を突き出すリカコの口に一つ、二つとリカコが泣き出すまで石を詰めていった。ぬかるんだ田んぼにしゃがみこんだリカコの小さな背中をとん、と押し、通行人が泥だらけで泣き叫ぶ妹を救い出すのを眺めていた。何をされてもリカコは、明くる日になればけろりとして私のあとをついてきた。

口じゅうに石ころを詰めこまれ、ぬかるんだ田んぼから泥だらけの顔を突き出し、山道の途中の窮屈な穴に押しこめられ、シュミーズに毛虫を入れられ、泥まんじゅうを食べさせられ、馬だか犬だかになりきって首に締めたベルトを強く引っ張られ、そういうときに小さな妹が見せる泣き顔は塗り絵みたいに赤く染まり、どこから出しているのか不思議なほどの大声をあげて泣き出し、私は傍らでじっとそれを眺めていた。あのとき感じた、柔らかい薄い布で身体じゅうを撫でられているような、身体の奥がぐっと熱くくすぐったくてたまらないあの感触は、そんなとき裏切らず私を襲った。じっと立っていることが困難に思えるほどの快感だった。

　私が妹にしたいくつものことを、ふいに思い出すときがある。初めて男の人と寝たときや、かぼちゃの皮をむこうとして指を切ったとき、そんななんのつながりもないときにも、用件も言わずだらだらとリカコが電話口でしゃべっているときにも、古ぼけた光景は目の前をよぎった。

　玄関先で靴を脱ぎながら修平は、

「駅前でリカコちゃんに会ったよ」

　と何気なく言った。

「今日はフキコが夕食作ってくれるから一緒に来ないかって誘ったんだけど、断られちゃった。これから友達の誕生日パーティやるんだって。逆に誘われちゃったよ、フキちゃんを連れてうちに来ればいいのにって」

修平はシャツのボタンを外し、靴下を脱いでいつもの場所に腰を落ち着ける。菜箸を片手に、私は振り返って汗ばんだ修平の背中を見る。

「行くって言ったの？」

「言ってないよ。だってみんな知らない人たちだろ？　そういえばさ、リカちゃんってこの前TV出たんだって？　今つきあってる子の誕生日らしいんだけど、その子とTVで知り合ったなんて言ってるから、びっくりしちゃったよ。見たかったな、それ」

「ああそうなの、知らなかった」

修平はTVをつけ、足でリズムを取りながらコマーシャルソングを口ずさむ。駅前で修平とリカコが立ち話をしている、その光景が実際目の前で行なわれているように目に浮かんだ。盛りつけた皿を修平の前に並べると、お、うまそう、と子供のように修平は笑った。

今日は帰る、と十時前に修平は立ち上がる。

「明日早いの？」

「そうじゃなくて、今日中にちょっとまとめたいことがあるから」

玄関先で手を振り、修平は出ていった。つけっ放しのＴＶが思い出したように大きく流れ、私はテーブルの上に並んだ皿に視線を落とす。それを片付けようと腰を上げ、ふと、修平はこのまま電車に乗って帰るのではなくて、リカコのところへ遊びにいくのではないかと思いついた。その思いつきにはなんの根拠もなかったけれど、胸の奥がざわざわするようないやな気持ちがして、汚れた皿を片付ける気になれない。テーブルの上をそのままに私は急いで靴を履く。

修平の後ろ姿はすぐに見つかった。住宅街を曲がり大通りの交差点で立ち止まって靴紐を直している。駐車場の車の陰から私は彼の後ろ姿を凝視した。信号が青になり、こちらに向かってくる、自転車に乗った子供やスーツ姿の中年男、手をつないでじゃれ合うカップルの合間を、ストライプのシャツはくぐり抜けていく。後ろ姿は一度も振り返ることなく、駅名を示す看板の光に照らし出されたロータリーを過ぎて、自動販売機で切符を買っている。改札を通り、駅から吐き出される人たちの中に見慣れたシャツが吸いこまれてようやく、自分がずいぶんばかげたことをしていると気づいた。この前一度会っただけの私の妹の部屋へ、いくら誘われたからといって修平が一人で行くはずがないじゃないか。自分の行動をごまかすように、まだ開いている商店の店先をのぞきながらのろのろと私は引き返す。

けれどそのまま部屋に帰ってあと片付けをする気になれず、自分のアパートを通り過ぎて住宅街の中の公園に足を踏み入れた。人気のない公園の、かすかな風に揺れているぶらんこに乗って漕いでみる。ねっとりと粘り気のある熱気を吹き飛ばすように身体じゅうを風が撫でる。隅に整列した乗り物のパンダや象が、生気のない目でじっと私を見ている。静かな公園をぐるりと見まわし、学校の帰り道や一人の時間に、いつもこんな場所を捜していたことを思い出した。大人たちの目を逃れてリカコと二人きりで遊ぶために、薄暗くて人気のない、そしてどこか現実感の失《う》せた場所が大好きだった幼い自分が、公衆便所の陰に、無数の虫をたからせた電灯のうしろに隠れているような気がした。風を切る、ぴんと伸ばした両足の裏に、忘れかけていた感触がぞろりと浮き上がる。びっしりと敷き詰められた細かい石ころの上に立っているような、居心地の悪い不安定な感覚。上を見上げてぶらんこを漕ぎ続けていると、闇の中でさらに暗いシルエットを見せる木々の合間に、中途半端に欠けた月が見え隠れしている。

　小学校に上がっても私には友達ができなかった。いつも自分の席に坐り、帰ったらリカコに何をしようか考えていた。いつも宙を見つめて考え事をしている私を、クラスメイトも教師たちも疎《うと》んじているのはなんとなく知っていたけれど、そんなことはどうでもよかった。リカコが同じ小学校に入学してくると、移動教室や長すぎる昼休みに、友達に話しかけるより私はリカコの姿を捜すことを選んだ。わざとリカコのクラスの前を通り、グラウンドで遊ぶ小さな子供たちの群れにリカコを捜した。フキちゃんが着てたんだからリカコも着ると言い、喜んで私のお下がりを着ているリカコの姿は遠くからでもすぐ見つかった。コーデュロイのパンツは後ろのポケットにアップリケがついていて、青いトレーナーにはくまの絵が描いてある。ついこの間まで私の着ていた服。私が着ていたときにはだれも何も言わなかったのに、リカコが袖を通したとたん、おつかいの途中で会った近所の主婦もお肉屋のおばさんも「あらかわいいの着て」と口を揃えて言う、なんの変哲もない服。朝、一緒に鏡の前に並んで母に結ってもらう三つ編を揺らし、リカコはほかの子供たちと遊んでいる。じっと眺めていると私とリカコの距離は不透明になって、何かの拍子に背の高いリカコが転んだ小柄の少女を助け起こすとき、私はぞっとした。それでもその場を立ち去ることはできずに、チャイムを聞いて慌てて教室に駆け戻り、そこに自分の机があることを確認する。

自分の中に外《はず》れそうで外れない知恵の輪があるみたいだった。苛立ち、それでもそれを放り投げることはできなくて、闇雲《やみくも》に力を入れてしまうような何かが確実にあって、リカコを物置に閉じこめても身体じゅうに油性ペンで落書きをしても、物差しでひっぱたいても、その何かは決して消えないのだった。次第に、泣き喚いたことを忘れあどけない笑顔で私を追うリカコの、ちょうちん袖から伸びた細く白い腕に銀色のはさみを突き立てたり、ふっくらと赤味の差した頬をちぎれるほどつねり続けたり、そんなことを空想するようになった。もちろん、そんなことはできない。けれどどうしてもやりたいのだ。大事そうにおもちゃ箱に寝かしてあるリカコの人形の、まっすぐな腕にカッターを突き立て両目に針を刺し、はさみであちこち傷つけてそれをそっと庭に埋めることで、どうしようもない衝動を抑えた。

十歳になったばかりのころだった。夜じゅう雨戸を震わせ続けていた台風が去ったあと、リカコを連れて近所の川を見にいった。前日とはうって変わって空はからりと晴れ、川原に繁殖した背の高い草は目に沁みるほど色濃く生えていた。川はいつもよりも嵩《かさ》の増した、濁った汚らしい水をものすごい勢いで流している。細かい石ころを踏んで川の流れに近づき、目の前をフルスピードで流れる茶色く濁った水をじっと見つめた。いつも透けて見える水草も薄い色の小さな魚も見えず、川の水はペンキを流すようにただ茶色かった。リカコは何に怯えたのかしがみつくように私の手を握ってきた。自分の手に絡まってきた、湿り気を帯びた小さな掌に嫌悪を感じ、私は思いきりリカコの手を振りほどいた。それがリカコの身体を前方に押し出す形になり、リカコはふざけた踊りを踊るようによろけながら川に落ちた。いくら水が増えているといっても川べりは浅いはずで、リカコが水にさらわれて流れていくはずがなかった。けれど濁った水にはまったリカコは体勢を整えようとして転び、パニックに陥ったように、今まで見たことのない表情を浮かべてこちらに両手を差し出していた。その表情だけが私の目にくっきりと焼きついていて、その直後、自分がどうしたのかその部分だけ丸く切り取られたように覚えていない。リカコを助けようと手を伸ばして走り寄ったのか、それとも、リカコを急流の中へ突き飛ばしたのか。そのときのことを思いだそうとするたび目の前に広がるのは、贋物みたいに青い空と、その真下に、空の青にしみ出して空を茶色く汚していってしまうように流れる濁った川の色であり、それらに包まれるようにして立つ私、腕や首や背骨や、身体をすべてつなぎとめている何かが一瞬のうちにほどけていくような快感を味わいながらかろうじて立ち尽くしている私なのだった。そしてその光景が目の前に広がるのと同時に、ごろごろと不安定で固い石ころの上に両足をふんばって立っていたあのときの感触が、何よりもリアルによみがえる。

あなたがついていながらと母親は狂ったように繰り返し、強い力で私を庭に連れ出し雨戸を閉めきった。暗い庭一面に虫の鳴く声が響き渡り、スカートから伸びた足が寒かった。私は雨戸の中、明りのついた暖かい場所にもう戻れないのではないかと、声を張りあげて泣いた。いつも見てきたリカコのように、顔をしわくちゃに歪ませて絶望的な泣き声を絞り出した。自分があげる泣き声のほかに、それに重ねるようなもう一筋の泣き声が耳に届き、私は泣くのをやめて雨戸に耳を近づけた。フキちゃんは悪くない、だから家に入れてあげて、フキちゃんがいなくなっちゃうから、早くお願い早く、とぎれとぎれに母親に嘆願しているリカコの泣き声が聞こえた。数分で雨戸は開かれ、雨戸の隙間から漏れた蛍光灯の光が私の足を照らした。部屋の隅でまだすすり泣いているリカコをそっと盗み見た。

そこでうずくまっている子供を見てどきりとした。私はずっとここに、この暖かい場所にうずくまっていたように思えた。すぐさまリカコのところへ駆け寄って、その頬を、私と同じリボンで結った三つ編を、お下がりのスカートに隠されているふっくらとした腹を、お揃いの靴下をはいた小さな足をめちゃくちゃに叩いてやりたかった。

その事件が私とリカコの関係を少しだけ変えた。私がリカコを泣かせればその数だけ、リカコは私の持ちえない特別な何かを身につけてゆくことに気づいた。たとえ私が泣かせるその光景を大人たちが見ていないとしても、人が守りたくなるような、かばいたくなるようなものをリカコは得るのだ。大人たちが鼻を近づけたあの独特の甘い匂いのような何かを。私はリカコを連れ出して何かしかけることをしなくなり、リカコも私のあとを追わなくなった。

ぶらんこから下りると足元がふらふらした。水飲み場の冷たい水で顔を洗い、空を見上げた。着色料を使ったような色合の月が私を見下ろしていた。どこか近くで、勢いよく蟬《せみ》が鳴き始める。

辞めた会社の同僚たちと食事をして帰ってくると、アパートの玄関の前にうずくまっている人影が見えた。はっきりとは見えないが、それがリカコであることはすぐにわかる。

「何してるのよ」

声をかけると眠りこんでいたのか、顔を上げたリカコは寝惚けた声で、

「お帰り」

とうれしそうに言う。

「いつ来たの」

「三十分くらい前かな。汗かいちゃった。友達がハワイに行ってさあ、汗かかなかったって言ってたけど、それって湿度のせい？　日本もハワイにならないかなあ。それにしても、やっぱり近所はいいよね。なんか安心するじゃない？　電車なくなっても帰れるしさ。もっと早くフキちゃんの近所に住めばよかったなあ、あ、クーラーつけていい？　ねえクーラーっていくらくらいで買えるかなあ？　クーラー入れると、電気代って大変？」

リカコはクーラーの真下に寝転がり、またいつものように数珠《じゅず》つなぎ的に話し出

す。リカコを勝手にしゃべらせておいて私は風呂に湯を入れた。バスタブにたまっていく湯を見つめていると、あっという間に鏡は白く曇り、額に汗が吹き出す。

「涼みに来たの？」

風呂場から顔を出して訊くと、

「うん、まあね」

リカコはそう叫び返してきた。

どうやら直接訪ねて来るほどの特別な用件はなさそうだし、だとしたら恐らくまた何か厄介ごとを背負っているに違いないので、湯がまだたまりきらないうちに服を脱いで風呂に入った。湯舟に浸《つ》かって水滴の張りついた天井を見上げているとインターホンが鳴る。耳を澄ませるが訪ねて来たのは私の知り合いではないらしい。リカコが応対している声が聞こえる。何か言い争っているふうだがよく聞こえず、私は手を伸ばして換気扇を止め耳を澄ませた。

「なんでこんなところまで追っかけてくるのよう、サラ金業者じゃあるまいし。ここ、だれに聞いたの？　あっ、ユキちゃんでしょ、あんたいやらしいわね、そんなことまでして調べたのお？　しゃべるユキもユキだけどさあ」

リカコの口調に男の声を想像していたが、それに答えたのは女だった。しかも、かなり取り乱している女の声だった。

「ここまで来なきゃあんたまたどっか泊り歩いてバックれる気だったんでしょ！　あんたって最低の女だよね、人のこと傷つけてなんとも思わないの？　ちょっと、ここ開けなさいよ、開けなさいったら開けろ！」

ドアの外にいる女の声は風呂場の窓からよく聞こえる。女は金切り声で開けろと連発し、ドアを両手で叩き始める。近所に何と思われるか、出ていってやめさせようかとも思うが、かえって厄介なことになりそうで私は湯舟に深く沈みこむ。

「開けてどうすんのよう、開けたって何も変わらないよ、早く帰ってよ、近所迷惑でしょ」

「近所に迷惑かけちゃいけないのに、私たちにはかけていいって言うの？　出てきて謝んなさいよ、淫乱女！　あんたみんなになんて言われてるか知ってんの？　だれにでも股開くって、公衆便所ってみんな言ってるんだからね！」

「その公衆便所に用足しに来たのはあんたの彼氏だよ！　ばーか、公衆便所なんてそんな言葉しか思いつかないの？　ばっかみたい、得意になってそんな使い古されたこと言ってんじゃねえよ」

リカコも内側からドアを蹴っている。私は湯船から顔を伸ばして、TVドラマじみたそのやりとりを聞いていた。私の息で湯がゆっくりと波紋を広げていく。換気扇を消して耳を澄ませたことを後悔していた。何があったのかもちろん詳しくは知らないが、リカコはきっとだれが聞いても最低だと思うようなことをしたのだろう、そういうことを平気でする女であることは私が一番よく知っている。そんな女を追いかけてきて、ドアの向こうから黴《かび》の生えたような言葉を吐き捨てている女友達も、多分リカコと似たり寄ったりの女なのだろう。どうしてリカコは、こんな女と関わりを持ちながらかつこんなところにまで追いかけてこさせるのだろう、どうして彼女に負けず劣らずの安っぽいドラマじたてのせりふを本気になって叫んでいるのだろう。

「私たちもう出てくから！　全部持って出てくから！　あんなやつと住むなって、最低の女だって、言いふらしてやるからね！　家賃払えなくて追い出されればいいんだ」

ドアの向こうでなおも女が言葉を続けようとすると、リカコは突然叫び声をあげはじめた。ぎゃー、と聞こえる甲高い声を発しながら、言い返す言葉の出ない苛立ちを紛らわすようにドアを叩き、蹴り、女の言葉はそれに遮《さえぎ》られて聞こえなくなる。リカコのどこか病的な、異常なほどの叫び声は果てしなく長く続き、私は濡れた手で両耳をおさえる。ほしいものを与えられない、あるいは大事なものを取り上げられた子供が、きちんと抗議できずに地団駄を踏んであげる声に似ていた。ドアの向こうから女の声はもう聞こえてはこなかった。

「長かったね」

ようやく風呂から出ると、リカコはさっきと同じ位置に寝転がって、何事もなかったように私を見上げる。リカコの頬にはなめくじの通ったようなあとがついている。この女はあれほど騒いでしかも泣いたのだと理解すると、生物の腐った臭いが思い出されるほど、そこに寝ている女がどうしようもなく汚いものに感じられる。

「帰ってくれない？」

私は言った。髪から水滴が滴り、首筋にぬるりとした感触を残す。

「あ、聞こえた？　ごめんね、うるさくて。でもね悪いのはあいつなんだよ、あいつらさ、ってあの女とその彼氏、両方友達だったんだけどさ、三人で部屋借りてたんだよね、仲良かったから。そしたらさ、二人で出てく相談してるの、こっそり聞いちゃったんだ、私。だって引っ越したのなんてついこの前だよ？　向こうがさ、二人で住むと喧嘩になっちゃうから、広いとこ借りて三人で一緒に住まないかって誘ったんだよ。それなのに、やっぱり二人で暮らしたいとかなんとかあのブスが彼氏に言い出しててさ、それ聞いちゃって」

そこまで一気にリカコは言って、急に口をつぐむ。

「聞いちゃってどうしたのよ、それで腹いせにさっきの子の彼氏と寝たの？　あんたそんなことしたの？」

「待ってよ、だいたいあの子の彼氏だってちょくちょく私にちょっかい出しててさあ、なんとなく気があるみたいだったから」

「何やったっていいのよ」耳に届く自分の声は震えている。「あんたがどこのだれと寝ようが、妙ちきりんな理由で人の彼氏と寝ようが私には全然関係ないのよ、そう、関係がないのよ。だから近所って理由だけでここを避難場所にしないでくれる？　どこかほかのところでやってくれない？」

「悪かったわよ。でもここまで来るなんて思ってなかったし、好きで持ちこんだわけじゃないの」リカコはしおらしい声を出して、さらに小さな声でつけくわえた。「それに、腹いせで寝たんじゃないの。そうすれば、彼氏のほうだけでも出ていかないかなって思ったの」

「私明日バイトだし、疲れてるからもう帰ってくれない？」

「お願い、今日だけ泊めてよ、今日だけでいいの。だって、帰れないよ。ね、お願い。うるさかったら、私もう寝るから。すみっこで寝るから」

私は返事をせず、リカコにタオルケットを一枚渡して鏡の前に坐る。濡れた髪にドライヤーをあてながら、部屋の隅にうずくまるリカコを鏡の中に見ていた。

電気を消してベッドに入ると、

「ねえフキちゃん」

リカコが細い声で呼びかける。

「何」

「フキちゃん、今どんなバイトしてるの」

「べつに、普通の」

「普通の、どんな仕事？」

「事務所があって、そこに登録して、仕事したいときはこっちから電話かけて、新発売の煙草配ったりワインついだり、ティッシュ配ったり、そんな仕事もらうの」

「へええ」

溜め息をつくように言ってリカコは寝返りを打つ。私も寝返りを打った。もう寝たのだろうかと思っているとリカコはまた弱々しい声で呼んでくる。

「北村くん、今日は来ないね」

「忙しい人だから」

「北村くんと、どこで知り合ってどうやってつきあうようになったの?」

答えようとしてさっき自分が怒鳴ったせりふを思い出した。修平は去年まで友達の恋人だったのだ。「友達の恋人と寝たのか」と怒鳴ってしまった手前、何か適当に言ってごまかそうかとも思うが、明らかに私の場合とリカコの場合は違う。リカコは好きでもない、つきあいたいとも思っていない男の子と寝たのだ。自分勝手な理由でいたずらに人を傷つけたのだ。私は違う。私はあなたとは違うと、そのことがどうしても言いたくて私は暗闇の中で言葉を捜し始める。

「前にいた会社の、同僚の恋人だったんだ、修平は」

「え? 本当」

リカコが上半身を起こす気配がし、私は先を話したくていらいらする。

「去年の今ごろ、その子が、自分の恋人をみんなに紹介したいもんだから合コンをやろうって言い出してね。彼女が私たち同僚の何人かを連れていって、彼女の恋人、つまり修平が自分の友達を連れてくるっていう。私たちあんまり乗り気じゃなかったんだけど、しつこく誘われて行ったのよ。私そこに行ったとき初めて修平を見て、なんだかぴんときたの。ほかの人なんて見もしなかった。でも彼女はずっと、ぴったり彼の隣に坐っちゃって、ほかの人は勝手にやってくださいって感じでね。彼女がトイレに立った隙に彼の隣にいって、ずっとしゃべり続けて、裏にアパートの住所と電話番号書いた名刺渡して」

話しているうち、だんだん面白かった映画の筋でも説明するような気分になっていた。たった一年ほど前のことなのにそれはずいぶん昔に感じられ、しかし言葉にしていくとその昔のことがありありと目の前に浮かんできた。

「それで、北村くんから電話は来たの？」

「ううん、来なかった。それで私、計画に計画を重ねてね」

「どんな？」

「彼の名刺ももらってたから、彼女に内緒でそこに電話して、『仕事変えようと思ってるんだけど、あなたは顔が広そうだし、相談に乗ってもらえないか、お礼に食事を奢るから』って誘って。もちろんそんなの大嘘だったけど、そんな口実をいくつも考えて、帰りに修平の会社の前で待ち伏せて、偶然のふりして一緒に帰ったり、仕事抜け出して『近くまで来たから』ってお茶に誘い出したり。そうしているうち、本当に仲良くなってた」

傍にいるリカコの存在を忘れるほど、私は夢中になってそのときのことを一つ一つ掘り起こし、暗闇に向かって言葉を吐き出し続けた。どこで会ったのか何を食べたのか、どんな話をしたのか色鮮やかに思い出され、それらとともにそのとき私の感じていた高揚感までがこみあげてくる。

「会ってから一ヵ月もしないうちにつきあうようになったんだけど、彼女のほうは別れてくれないわけ。もちろん彼女は相手がまさか私なんて知らないから、私たちこそ会ってたのよね。どっちの会社からも遠い駅で待ち合わせたり、彼女の行動範囲には近づかなかったり、彼女と修平のアパートが近所だったから、泊りに行くときは変装して行ったりして。実際彼女の後ろ姿見つけて、手つないで路地に隠れたりね」

「面白そう」

そうつぶやくリカコの声に、面白かったわよと答えそうになり、慌てて言葉を飲みこんだ。リカコに聞かせたいのはこんなことではない。

「それはそれで大変だったのよ。結局相手が私だってばれて、会社でさんざんいやがらせされたし、それにやっぱり、私はただ面白がりたくてそんなことをしたわけじゃないから。私はあんたと違って、好きでもない男の子とどうこうしたりしない。つきあうってことになったあとだって、結局彼女からとったかたちになっちゃって、仕方のないことだけど、いつも罪悪感を感じてた」

自分の口にした罪悪感、という言葉だけが切り放されて耳に残る。自分がたった今語ったことが、さっきドアをはさんで言い合いをしていた見知らぬ女とリカコの、あの安っぽく陳腐な言葉となんらかわりのないものに思え、私は口を閉ざし寝返りをうつ。確かにあのころ、修平と寝たあとで私は「彼女に申し訳ない」とつぶやき、ときには涙さえ流した。修平もそれに答えて、深刻な顔つきでどこかで聞いたようなせりふを言い、私たちはせっぱ詰まった気持ちになっていた。けれどそれは罪悪感だったのだろうか？

「いやがらせされて、それで会社を辞めちゃったの?」

リカコが聞き、目の前のほの白いシーツを見つめて答える。

「まあそれだけじゃないけどね。ずっと勤める気はなかったし、なんか急につまらなくなっちゃって」

「気が抜けちゃったんでしょ」

リカコはささやくように言う。

「え?」

「気が抜けて会社辞めちゃったんじゃないの? だってそんなにもりあがったんじゃあ、北村くんが彼女と別れて二人できちんとつきあうってことになったとき、全部面白くなくなっちゃったんじゃない? 会社のことも、北村くんのことも。あれ、自分は何頑張ってきたんだろうって。二人でだれにも邪魔されずに会うことって、なんて退屈なんだろうって」

私はリカコを見た。布団に頬杖をついて、押し入れに閉じこもり秘密の話でもするようにリカコはわくわくした表情をしている。

「何言ってんのよ。私は今の関係が欲しくて頑張ったのよ。それにそのことと会社は全然関係ないわよ。あんたにはわからないかもしれないけどね」

寝返りをうち、暗闇に目を凝らしてリカコの寝息が聞こえてくるのを待った。枕を抱えこんだ自分の鼓動が聞こえるだけで、部屋はいつまでも静まり返っていた。

たいてい金曜日は、電話をしてきてもしてこなくても修平は来るはずだった。一緒に食べようと支度しておいた夕食は、ラップの下で冷え切っている。時計を見ると十一時を過ぎている。多分今日は来られないのだろうと諦めて夕食を温め、箸の先を見つめて一人で食事をした。ドアの外でときおりかすかに聞こえる物音に耳を澄ませ、立ち上がって窓を開ける。雨が降っていた。乾いた町が湯気をたてるように白く霞んでいた。

一人の食事を終え、歯を磨いていると修平が来た。十二時を過ぎている。

「遅かったのね」

洗面所から顔を出して言った。修平は靴箱の横に、水滴を一面につけた傘を立てかける。黒地にひまわりの模様が派手に散らばった折りたたみの傘だった。

「仕事だったの？　接待か何か？」

修平は坐りこみ、TVをつけて、

「ああごめん、夕食作っておいてくれたんだ、食べてきちゃったよ」

私を振り返らずに言う。

「だれかと会ってたの?」

私は玄関に立てかけてある傘を見て訊いた。水滴がしたたり落ち、傘の表面をすべっていく。

「うん、ちょっと」

「お酒飲んでたの?」

「ああ、ちょっと飲んだ」

「リカコと?」

「えっ?」

修平は予想以上に驚いて私を振り返る。どうしてこんなに遅くまでリカコと会っていなくてはならないのか、どうしてリカコと会っていたことを隠そうとしたのか、胸の奥にふつふつとあふれる疑問をとりあえず抑え、私はしゃがんで傘を指した。

「この傘、懐かしいなあ。あの子まだこれ持ってたんだ。これね、高校生のとき、誕生日プレゼントに私がもらったものなの。気に入ってたんだけど、半年もしないうちにあの子にとられちゃったのよね」

とられちゃった、意識せずにそんな言葉を使ったが、その一言は舌にざらりと残る。その感触を消そうと私は明るい声を出した。

「ビールあるけど、飲む?」

「いや、いいよ」修平は立ち上がって湯を沸かす。「お茶いれるよ。フキコも飲むだろ?」

紅茶を一口すすり上げてから、「別に何でもないんだけどさ」と前置きして、修平はぼそぼそとしゃべり始めた。

「隠してたわけでもなんでもなくてさ、っていうか、言わないでくれって彼女から頼まれたもんだからね」

私は修平のいれてくれたお茶に手をつけず、修平の分の夕食をしまい、相槌を打ちながらふきんでキッチンのそこらじゅうを拭いた。

「昨日会社にリカコちゃんから電話がかかってきてね、仕事捜してるんだけど、バイトの口も全然見つからなくて困ってるから相談に乗ってほしいって言われたんだよ。

お礼に食事を奢るからって。だから、今日フキコのところに行くから、そのときおいでよって言ったんだけど、フキちゃんには言わないでほしいって言うんだよ。実はね、今友達二人と一緒に住んでて、その子たちが出てっちゃうらしいんだ。それでまあ今まで三分の一でよかった家賃を一人で出さなきゃならないから、仕事捜してるんだけど、でも、勝手に家を飛び出して好きなことやってきて、それで困ったらおねえさんの恋人の力を借りようとしてる、なんて情けなくて言えないって。フキちゃんは仕事やめてもちゃんと一人でやってるのにって。まあうちみたいなマスコミ系はさ、バイト募集なんて大々的にやらなくて、人づてで来るやつが多いから」

冷蔵庫を拭いていた手をとめ、私は修平の話に耳を傾けていた。修平は多分忠実にリカコの言った言葉を繰り返していて、私の中で修平の言葉はいつのまにかリカコの声になっている。頼みごとや厄介ごとを押しつけるのがうまい、甘ったるい、吹き出る汗のようにべたべたと身体じゅうにまとわりつく声。汚れたふきんを握りしめたままの手から目をそらさず、

「リカコ、会社に電話してきて、なんて言ったの？」

できるだけ静かな声を出した。

「だから、バイトのことで相談があるからって。北村くんは顔が広そうだし、きちんと仕事しててバイトの口紹介してくれるような知り合いがほかにいないからってさ」

「食事を奢るからって?」

「でも、『おねえさんの恋人の力を借りようとしてる』って本人が言うほどしつこく頼まれたわけでもないし、何もしないでのほほんと頼みに来たわけでもなくて、あの子はあの子でいろいろあたってるみたいなんだよ、雑誌広告なんかで捜してさ。えーとだから、リカちゃんが心配してたのは、そういうことして、フキコが『家賃を一人で払えなかったり、バイト先も一人で見つけられなかったりするのなら家に帰れ』とか言い出すことで、それを両親にも言いつけたら本当に困るって」

修平は何か勘違いして、必死になってリカコの面子を立たせようとしどろもどろに言葉をつなぐ。手にしていたふきんを投げつけたいほど、私は苛立たしさを感じていた。

「そんなこと、家に帰れなんて私が言うわけはないし、親にだって言いつけたりしないわよ。私がそんなことしないって、リカコが一番よく知ってるわよ」

私の声の震えに気づかず、それを聞いて安心したのか、ふう、と長い溜め息を漏らし、修平は邪気のない笑顔をみせる。

「そうだよな。でもリカちゃんにも言わないでおいてよ、一応、約束だから。うちでバイトすることになっても、偶然ってことにしてやってよ。ああよかった。黙っててくれなんて言われるとよけいどきどきするよ。そんなこと言うわりには、リカちゃんが指定したのは駅から近い飲み屋でさ、フキコが通るんじゃないかって、それで二人が揉めちゃうんじゃないかっておれ気が気じゃなかったよ。ケツの穴小せえよなあ、おれも。でも家に帰れってことになったら本当に困るってあの子、泣きそうな顔で言うもんだから、おれが何かフキコに感づかれたら大変なことになるって思っちゃって……その飲み屋、ちょっと入ったところにあってさ、わりとこぎれいでうまいんだ、今度行こうよ」

「リカコ、ほかに何か言ってた？」

　そう訊くと、修平は私が心配しているとでも思ったらしく、

「大丈夫大丈夫」と大きな声で言う。「おれの部署ではとりあえず人捜してないけど、年じゅう人手不足のところがあるんだよ。葉書整理とかアンケートの集計とか、簡単な仕事なんだけどさ。来週にでもあたってみるよ」

修平の言葉を頭の中で繰り返し、眠れないので隣に横たわる修平に声をかけ、眠っていないことを確かめて私は訊いた。

「リカコの部屋に行ったの?」

「え? 行ってないよ」

面倒そうな声で修平は答える。

「傘借りに行ったんじゃないの?」

「ああ、帰りがけ、飲んでる間に取ってきてくれたから」

修平はそう言って寝返りをうった。

わあ、この傘きれい。ねえときどきは、私にも使わせてね。何年も前のリカコの声が耳元で聞こえる。ときどき貸した傘は、いつか彼女のものになっていた。傘だけではなかった。中学に上がるころになるとリカコは、私の持っているものならなんでも欲しがった。ワンピースも、バスケットも、ペンケースでもカメラでも髪を結うリボンでさえ、私が持っているというだけで何もかも欲しがるのだった。ねだられて貸したものは、二度と私の手には戻ってこなかった。リカコの欲しがるもののほとんどは実に巧妙な手口によってリカコの手中におさまり、それが叶わないときリカコは、母親の財布から小銭をせしめてまでそっくり同じものを買ってきた。まるで何かにとり憑《つ》かれたようなその様子を、私は気味悪くさえ感じたことがあった。リカコは、はいはいをしていたころとまったく変わっていないのだ。私のおもちゃ箱をひっくりかえし中のものをよだれと手垢で汚したころと何も変わっていない。

それだけではなかったとふと思い出し、私は暗闇の中で目を見開く。リカコが私からとりあげたのは、ものだけではなかった。入り組んだしわを作るタオルケットに視線を這わせ、私はそのころのことを事細かく頭に思い浮べる。

高校生のとき、しょっちゅううちに遊びに来ていたグループに、沢田竹春という男の子がいた。彼一人を家に呼ぶ機会を私はずっと待っていた。高校三年になってようやく、沢田竹春は一人でもうちに遊びに来るようになり、眠る前には電話コードをひっぱって長い間しゃべり合えるようになった。進学先は違ったけれど、卒業してもきっとこうしていられるのだろうと私は信じていた。

滅多に私の部屋には入ってこなかったリカコが、風呂あがりに部屋のドアをノックするようになったのはそのころだった。長い髪を執拗にバスタオルで拭《ぬぐ》いながらベッドに寄りかかり、リカコは突然言い出した。

「ねえ、竹春ってキスが下手だと思うんだけどどう思う?」

私は手にしていたカップをもう少しで落としそうだったけれど懸命に堪え、

「そうなの?」

と笑った。そうだ私と竹春は恋人どうしなんかではなかったのだ、竹春がうちに一人で遊びに来るようになったのも、私と仲良くしてくれたのも、私のことが好きだからではなくてリカコが目当てだったのだ、そうだ、そんなこと知っていたはずだ、できるだけ傷つかずにすむよう数秒の間にそんな文章を心の中に弾き出し、私はゆっくりとカップに口をつけた。ぬるいコーヒーが喉を落ち、さらに自分を納得させる言葉を捜した。いつだってそうだったじゃないか。お正月に集まる親戚もお肉屋のおばさんも、私によく似たリカコの奥に、私にはない何か特別なものを見つけるのだ。そして私は納得し、キスにうまい下手なんてあるの? と笑って訊くことができた。それからリカコの訪問は毎晩続くようになり、わざとそうしているのではないかと思いたくなるほど、あるときはのろけ、あるときは竹春の欠点を並べたて、あるときはあっけらかんと性的なことを口にした。そのたびに耳をふさぎたいのを堪え、わざとのはずがない、と私は自分に言い聞かせた。わざとのはずがない、だってこの子は私が竹春を好きだったことを知らないのだ。

けれど本当にそうだったのだろうか？　夜遅くまで姉がだれと長電話をしているか、毎朝洗面所を占領して熱心にドライヤーをかけているのはなぜなのか、リカコはじっと見据え、きつくてチャックが上がらなくなったワンピースがお下がりとして与えられるのをじっと待つように、姉の新しい大切なものをとりあげるときを待っていたのではないだろうか。

私は薄く口を開いて眠る修平を見下ろす。パジャマの脇の下が汗を吸いこんでじっとりと重く感じられる。

明くる日の夕方ひまわり模様の傘を持って帰っていく修平のあとを、私はこっそりとつけた。修平はゆうべ、ルームメイトたちのいなくなったリカコの部屋に行ったのではないかと思っていた。彼は私の部屋を出て、ひまわりの傘を持って昨日行ったその場所へ行くのではないか。いつかこうしてあとをつけたときよりも、その想像ははるかに理にかなっている。その交差点で、コンビニエンスストアで、酒屋の角で、修平に手を振りながらリカコが現われてくるような気がしたけれど、修平は傘を振りまわしながらぶらぶらと歩き、切符を買って振り返らずに人気のない改札に入っていった。

言い忘れてたけど、リカコちゃん、先週からうちでバイト始めたから。食事をしながら何気ない口調で修平は言った。フロアが違うから、滅多に顔合わせないんだけどね、修平はそうつけくわえたけれど、修平とリカコが毎日同じ場所にいることは確かで、それは私にどうしようもない不快感を与えた。

「北村くん、今そこにいる？」

持ち上げた受話器からそう言うリカコの声が聞こえてきて、私は横になってビールを飲んでいる修平を見、一瞬迷って、

「いるけど」

と低く告げた。今から行く、すぐ帰るからと早口で言い、リカコは一方的に電話を切った。耳の中で繰り返される不通音を聞きながら、

「リカコが今からあなたに会いに来るって」

わざと刺を含ませて修平に言うが、彼はべつだん驚きもせず、そう、と短く言い、脱ぎ捨てたシャツに袖を通す。

「なんの用かな」

「さあ。リカコちゃんて明るいし評判いいみたいだよ。あっ、この子、可愛いと思わない?」

TVの画面に向けて修平が伸ばす指の先を、私はぼんやりと見つめた。焦点の合わない目に映るのは鮮やかな色彩だけだった。

「もうちょっと早く来れば、夕飯一緒に食べられたのに。フキコ、もう何も残ってないよな?」

部屋に上がりこんだリカコを修平はそう言って迎えた。リカコは修平の隣に腰を下ろし、暑い暑いと大袈裟に掌で顔をあおいでいる。

「ほら私さ、北村くんに五千円借りてたでしょ? 駅について思い出して、来週でもよかったんだけど、そうやってるとまた忘れちゃうから」

「ああそんなの、いつでもよかったのに」

グラスに氷をすべりこませて、私は背後で交わされている会話に耳をそばだてた。

「そういえば、ルームメイトの件どうなった? あのなんとかって彼氏はだめだって?」

まったく自然に修平がそう言い出したので私はぎょっとして振り返る。なぜ私の知らないことを修平が知っていて、なおかつ心配しているのか。二人は、キッチンで氷を握っている私の視線に気づかずに話し続ける。

「あの子はだめ。やっぱりさ、ちゃんと人とつきあいたいと思ったらあんなTVで捜すべきじゃないよね。それに私、もう男の子と一緒に住むのやめようと思って。たとえそれが恋人でもそうじゃなくても。だって男の子だと、絶対セックスとか絡んでくるじゃない?」

「うん、まあそうだよね。じゃあいっそのこと、フキコと住んだら? きょうだいで近所に住んでて、ばらばらに部屋借りてるって珍しくない?」

「ええ? フキちゃんとお? それはだめだよ、うん絶対だめだね。ねえ? フキちゃんだっていやよねえ? 私と住むのなんて」

リカコは声を大きくしてキッチンの私を振り返る。顔は笑っているけれど私を見ていない。私を通り越し水道の蛇口を見て笑いかけている。急速に溶けていく氷は、私の掌の中で熱い。

「でもね、多分もうすぐ決まると思うんだ。高校のとき一緒に遊んでた女の子なんだけどさ、この前久し振りに連絡があって、いろいろ話してるうちにそんな話になって。その子、今実家に住んでるんだけど、家出たいんだって。だから、もし出てこれるようなら一緒に住もうって」

「そうか、それならよかったな」

　私はリカコの前に麦茶を置く。その場にくわわった私に構わず二人は話し続ける。修平は立ち上がり、冷蔵庫からビールを持ってきてリカコの隣に坐る。

「ほら、リカコちゃんがルームメイト捜してるって言ってたら、営業の山口が立候補しようかなとか、そんなこと言ってただろ？　冗談かもしれないけど、あいつヤバイからさあ、やめといたほうがいいって言っときたかったんだけど」

「ああ山口さんね、ヤバイってどういうこと？」

　二人の話に入りこもうと会話の糸口を捜したが、彼等は私の知らない名前を挙げて話し始める。仕方がなく黙って坐っていた。二人の話す声と、流れ続けるＴＶの音声とが重なって、私のまわりを漂っている。自分がまるでどんどん透明になっていくように思えた。どんどん透明になって、この部屋から存在を消してしまうような気がする。けれど私が消えたあとも、この部屋に私の不在というものはなく、私によく似た一人の女が存在し続けるのだと、そんなことまで考え始め、私は慌てて、ちょうど目線の先にあるリカコの腕時計を眺めた。リカコが笑ったりグラスを持つたびごとに揺れる子供じみたミッキーマウスの時計を、その視線一つで彼等の会話から振り落されまいとするようにじっと見続け、彼等の語る意味のわからないどんな言葉も聞き逃すまいと私は意識を集中させる。

「今度一緒に住む子はさ、高校生のときよく行ってた遊び場で会った子なのね。初めてお酒飲んだときその子と一緒にいて、彼女さ、子供のころ真剣に自分は宇宙人だって信じてたって話したの。それはつまりなんていうか、とても幸福な家庭に試験的に送られた異物みたいだったって。だれもが自分を拒否していないんだけど、なんだかすごく奇妙な具合に一人だったたって、自分のいる場所はここじゃないって思ってたんだって、そんなことを言ってさ、私もなんとなくそう思ってたから、それですごくもりあがって、そのとき以来の仲良しなの」

「その女の子っていうのは、確実なの？　ポシャったりしない？」

「多分平気だと思うよ、ありがとう、心配してくれて」リカコは私の出した麦茶に手をつけず、修平を真似するように立ち上がって冷蔵庫からビールを出している。「私転々としてたから、ずいぶん会ってないんだけど、一緒に住んだらうまくいくと思うな。その子ってね、すごくアバウトなんだ。ほら、人のこととやかく言うくせに、鈍感な人っているじゃない？　自分が傷つけられたら大騒ぎするくせに、人のこと傷つけても全然平気で、それが正しかったんだとか言えちゃう人。私、そういう人が大嫌いなんだけど、彼女は全然違うの。自分のことに対してだけ無頓着なのね。だから一緒にいるととても楽なの。ずうっと一緒に暮らして来た感じ」

「そうか、じゃ安心だな」

「うん、安心だよ。彼女と私、同い年なんだけど、なんか本当のきょうだいみたいなの。高校生のとき、そんなこと言い合ってたんだ。地球に置いてきぼりにされて離れ離れになってた宇宙人のきょうだいが巡り合ったみたいじゃない？　って。ちょっとロマンチックすぎるんだけどさ、でも本当そんな感じ。私のいやなところとか、ずるいとことかだめなとことかあるじゃない？　そういうの全部受け入れてくれるような子なの。だから私もその子のこと、全部認めようと思うし」

　ミッキーマウスの時計から顔を上げ、私はリカコの横顔を見ていた。修平の隣で、まるで沈黙を恐れるように言葉をつなぎ続けるリカコの、その言葉の一つ一つが、修平にではなくすべて私に向かっていることに気がついた。リカコは修平に話しているのではない。修平のほうを向いて笑顔を見せ、口から出る言葉のすべてが部屋じゅうの壁に跳ね返って私にふりかかるのを待っている。この女は私を憎んでいる。私はふいに確信する。

お邪魔しましたとリカコが立ち上がると、じゃあおれも、と続いて修平も立ち上がる。

「泊まっていきたいんだけど、明日会社行かなきゃいけないんだよね、テープ編集だからべつにおれが行かなくてもいいんだけどさ、どうしても来てほしいって編集のやつに頼まれちゃって。今夜そいつから電話かかってくるんだ」

私が何も訊いていないのに修平はそう説明し、

「デキる男は困るねえ」

と茶化すリカコと一緒に玄関へ向かう。背中でドアの閉まる音がする。二つの足音が階段を下りていくのが聞こえる。立ち上がってあとを追わなければ。二人のあとをつけて、リカコが自分の部屋へ帰っていくのか、修平はきちんと改札の向うに消えていくのか確かめなければ。そう思って何度も自分にかけ声をかけるのに、立ち上がることができない。雨戸を閉めきられたあのときのように、私の前で閉ざされる扉を叩いて泣き喚くことはできない。ただ握りしめた掌が湿っていくだけだ。

リカコは私を憎んでいる。坐りこんだまま私は何度もその一言を頭の中で繰り返す。リカコは私のしたすべてのことを覚えているのだ。ベビーベッドを取り囲む視線の中でたった一つ憎しみの混じった瞳があったことを、成長してもその瞳が存在し続けたことを覚えている。自分を家族の一員として認めない姉のいる場所は私にとって家にはならなかった、たとえその姉が出ていったところでやっぱりそこは自分の場所とは思えなかったと、私に向かってそう言いたいのだ。だから私は永遠にあなたの場所を奪う。私に場所を与えなかったあなたに、心地よい場所を得る資格なんかないのだ、執拗に耳に届くエアコンの音とともに、そう言い放つリカコの声が聞こえてきそうだった。数え切れないほどの洋服もアクセサリーも、細かいちっぽけなものも、私が持っているからリカコは欲しいと思ったのではない。リカコは、私の持つものを私から奪いたかったのだ。

立ち上がると両足がしびれていた。そのままキッチンへ行き、きんと冷えた牛乳を喉に流しこむ。リノリウムにはりついた両足はじりじりと冷たくて、目を閉じて牛乳を飲む私の目の前に、塗りたくったように青い空が広がっていく。細かい石ころの上に立っているあの感触は足元から這い上がり、ゆっくりと私を覆い尽くす。

何かのキャンペーンが間近だとかで、修平は滅多に私の部屋へ来なくなった。ときどき電話をかけてきても、忙しくて参っちゃうよ、と繰り返すだけだった。一人の時間を持てあまし、アルバイトの回数を増やした。一人の食事を終えて私は部屋を片付け始める。色褪せたカーテンを捨て、真新しいカーテンを取りつける。カーテンの色を基調に、部屋じゅうのすべての色を揃えることで静まり返った夜を過ごした。クッションカバーも枕カバーも縫い、音をたてないようにベランダにテーブルを出してペンキを塗った。青い布きれから、あるいは手にしたゴミ袋から顔を上げて一息つくとき、私は修平と暮らす自分を思い描いた。週末だけでなく毎晩帰ってくる修平、夕食の用意をして彼を迎える自分、修平の好きな銘柄のビールで満たされた冷蔵庫。けれどいつか頭の中に思い浮かぶのは私と修平ではなくなっている。駅前のロータリーで待つリカコと一緒に、私の知らない場所へ向かう修平の姿を私は思い浮かべている。

部屋じゅうが青一色で染まるのに一週間かかった。眠りたいから眠るのでなく、することがないのでベッドに入る。けれど眠りはなかなか私を包まずに、薄明るく浮かび上がる部屋に視線を這わせ、忙しいという口実を使って修平はリカコといるのではないかと何度も何度も考えた。

表を歩くときもずっとそのことを考えていた。今自分が出てきたコンビニエンスストアの角には、手をつなぎ息を殺して笑い合う二人の姿が隠されていたのではないか、駅から吐き出される数え切れない人たちに紛れて、修平にまとわりつくように歩くリカコの姿があるのではないか。毎日毎日そのことばかりを考えていると、頭の中で繰り返す光景は奇妙な具合に現実感を帯びてくる。隣の部屋から漏れるぼそぼそした話し声は、どこかべつの場所で修平とリカコが交わす秘密めいた会話に聞こえたし、ベッドにもぐりこんで暗闇に目を凝らしていると彼等の乱すシーツのきぬずれがかすかに聞こえるようにも思えた。

顔を赤くし絶望的な泣き声をふり絞り、筋の通らない言い分を主張し、子供じみた嘘をつき巧妙な演技を繰り返し、リカコはいつも何かを得てきた。両親とリカコと暮らしていたころ、リカコにとられたくないものはすべて隠していた。私は大きく両手を広げ大事なものを失うことのないように自分の身体で囲いこみ、とりあげられないように、リカコに見つからないように飢えた子供みたいな目つきで周囲を見まわしていた。そうして今私が両手で囲んでいたいものはたった一つだ。この部屋の中の何を持っていかれてもいい、新しいカーテンでもテーブルでも気に入っている洋服でも、何を持っていかれてもいいけれど、この部屋に坐る修平の位置だけは持っていってほしくない。私と修平の作る、作り続けるはずの適温の輪の中から、私だけが追い出されるようなことがあってはいけないのだ。

駅の公衆電話からリカコに電話をかけると、留守番電話が答えた。やかましい音とともに下りてきてはまたすっと上がっていく遮断機を眺めながら、帰ろうかとも思う。けれど今部屋に入ってしまったらそのまままう外へは出られない気もし、出した足をひっこめて遮断機を眺め、公衆電話にもう一度テレホンカードをすべりこませる。

そのまま駅前で遮断機の下りる回数を数えては電話をかけ続け、五回目にリカコでない女の声が答えた。そこは遠野リカコの家ですか？　と尋ねると、

「リカコなら九時過ぎに戻ると思うけど？」

電話に出た女はそう言った。

結局その女が駅まで迎えに来てくれて、私は彼女と肩を並べてリカコのアパートを目指した。

「フキコさんておねえさんでしょ？　あんまり似てないのね。それにしてももう八月も終わりなのに暑くてやんなっちゃうよね、昨日の夜なんてすごかったでしょ？　あの部屋クーラーないからもうサウナみたいだったんだ」

並んで歩きながらトモコと名乗った女は切れ目なくしゃべる。背にした遮断機の音は次第に遠くなっていき、女の声だけが耳元に残る。話振りがリカコと似ていた。

ここ、ここの三階、とトモコは古いビルを指し、狭苦しい階段を上がっていく。ポケットから鍵を取り出して私の前に扉を開く。

「麦茶とビールとあるけど、どっち飲む？　こっちの窓が西側だから、暑いでしょ？　夕方の熱がこもっちゃうんだよね。リカコったらどっちが西でどっちが南とか、そんなことも知らなくて部屋借りたんだって。だいたいあの子はさあ、北側の玄関は凶だけど黄色い花を飾っておけば吉に転ずる、とかそんな変なことばっかり詳しくて、どっちが北なのかもわかってないんだから。私が全部教えたんだよ、独り暮らしの経験がない私のほうが詳しいんだから」

締め忘れた蛇口みたいにしゃべり続けるトモコの声を聞きながら、私は初めて足を踏み入れたリカコの部屋を見渡した。

生温い空気の満ちたがらんとした部屋は、初めて来たという気がせず、色褪せた畳や隅に配置された見覚えのあるリカコの机や、ばらばらにある雑誌の中にその理由を私は捜し、そして修平の気配を捜した。そうして眺めているとずいぶんとちぐはぐな部屋だった。カーテンは既製のものを買ってきて丈が合わなかったのか、長すぎて床でたるんでいるし、食器棚がわりに使っているらしい折りたたみの小さなテーブルにのった食器類はすべて柄が違い、畳に投げ出されたように放置されているものにもてんで脈絡がない。毛の絡み合ったブラシの隣に譜面が落ちていて、アコースティックギターと大きなくまのぬいぐるみがたがいに寄り添うようにあり、画鋲《がびょう》でとめられたカレンダーはセクシーアイドルの半裸を見せ、飾ってあるのかただそのままにしているのかミニカーや洗面器まで点在している。埃《ほこり》だらけの扇風機はそれらを見まわしながら首を振りときおり私に生温い風を届ける。もし修平がここに何かを残していたとしても、その中から修平の気配を捜し出すことは不可能なほどのたくさんの人の気配が感じられた。それらの混じり合った雑多な、それでいて人を拒否することのない匂いがした。ちぐはぐなその部屋の中で、目の前に初対面の女がいることを忘れてしまうほど私は落ち着いていた。

出された麦茶に口をつけると、ひんやりした液体が喉をすべり落ちていく。氷のたてる涼やかな音が部屋に響く。もう一度玄関の戸を開けたら、そこから続くのはアパートの廊下ではなく真っ暗な闇のような気が一瞬した。

「そっちにもう一つ和室があってね、ちょっと前から私はそこを借りてるの。っていっても私週の半分は彼氏のところに行ってるんだけどね。私の彼氏、偶然なんだけどこの沿線に住んでるのね。今まで実家にいたから、彼のところに泊まるのも一苦労だったんだけど、もうこれからは泊まり放題、夜遊びし放題なんだ。だからここに住んでるって感じじゃないし、家賃半分払うのって馬鹿らしいんだけど、彼と一緒には暮せないし、まあホテル代払ってるって思えばね。それに彼と会えないときは私もここに帰ってくるわけだし。喧嘩したときなんかも便利よね、逃げ場があるって感じで」

すらりとした足を伸ばして坐り、トモコはビールの缶を口につけて満足そうに笑う。本当のきょうだいみたいなその友達と一緒に住んだらうまくいくと思う、と得意気に言っていたリカコの言葉を思い出したが、きっとこの女はそれとはべつの人なんだろうと思った。

「リカコそれ知ってるから、その彼氏も連れてきて三人で住んじゃおうって言うんだけど、そういうところあの子少し変なんだよね。襖閉めて向こうの和室でいちゃいちゃできるわけないじゃんねえ？　よく知らないけど私の前に一緒に住んでた子たちもカップルだったんでしょ？　私だったらカップルと一緒に住むのなんて、絶対にいやだけどな。面白いよね、あの子。昔からそうだった？」

トモコがそう言い終わるのと同時に鍵をまわす音が聞こえ、ただいま、と間延びしたリカコの声がした。部屋の真ん中に坐っている私を見下ろしてリカコは無邪気に笑う。

「あら珍しいお客さんだ」

それだけ言ってキッチンのカセットデッキをつけ、冷蔵庫の前にしゃがみこむ。賑やかな音楽が流れ出しリカコは声をあげてトモコを呼ぶ。

「ねえねえ私今月たくさん残業したじゃない？　銀行行ったらお金いっぱい入っててさ、ほら見て、スーパーでたくさん買って来ちゃった」

「すごい、ステーキ肉まである」

「見て見て、ワインも買ったんだ。これおいしいんだって」

騒がしい音楽の中で二人は声をあげて話し、狭苦しいキッチンにしゃがみこんで買ってきたものを冷蔵庫にしまっている。そのうち二人の話し声は音楽に紛れ、何を言っているのかわからなくなるが、ときおり申し合わせたように大きな声で笑い合う。洋服をひっぱり合ったり小突き合ったりしている、冷蔵庫の薄い明りに照らされた二人の姿を私は眺めていた。やっぱりこのトモコという女はリカコの話していたあの彼女だと気づく。すべてのものをしまい終えてからも、二人は交互に冷蔵庫に顔をつっこんでは涼しい涼しいと笑っている。

修平相手にリカコが夢中になって話していた家族の話を思い出した。あの、よく知っているはずなのに見覚えのない、湖に映った景色みたいな家族の話。リカコとふざけ合うトモコを見ていると、湖の縁でただ一人水面を覗いている気がするのだった。さっきまで腰を落ち着けていたこの場所で私は急に居心地の悪さを感じる。ここは私の場所のはずなのに私だけが追い出され、あからさまによそ者扱いをされている、そんな落ち着かなさだった。私はリカコの笑顔を凝視する。私のところに来て私を見ず修平だけに話し続けたように、リカコはわざと必要以上にトモコと親しくし、それを私に見せつけているのだと思った。

「フキちゃん、北村くんが忙しいから暇なんでしょ？　それでうちに来たんでしょ？」

リカコはようやく私の前に腰を下ろす。

「北村くんて？」

トモコが訊く。

「フキちゃんの恋人。ほら前、駅前で会ったことあるじゃない」

北村くん、という言葉が私の耳にへばりつく。どうしてリカコは彼を「北村くん」と呼ぶのだろう。どうしてそんなふうに、特別な人を指すようになれなれしく彼の名前を口にするのだろう。いらいらとそう考えながら二人のやりとりを聞いていたが、ふと、テーブルの上に投げ出されたリカコの左腕の時計がミッキーマウスでないことに気がついた。リカコの白い手首に巻きついている銀のシンプルな時計は、確かに修平のものだった。知り合って最初の誕生日に私がプレゼントしたものだから間違えるはずがない。二人はまだ何か話していたが、私は身体の奥から這い上がってくる声をそのまま野放しにした。

「リカコ、私から修平をとりあげようとしてるんでしょ」

顔を上げると目の前にきょとんとした表情のトモコとリカコの顔が並んでいた。リカコがぷっと吹き出し、続いてトモコも申し訳なさそうに笑い出す。私は抑えられない苛立ちで顔が赤くなっていくのを感じた。

「やっぱりあんた寝たのね？　私の恋人と寝たのね？」

口の内側の皮膚をぼろぼろとはがすような感触で言葉は流れ続けた。

「ちょっとお、友達の前で寝たとか寝ないとかそういう直接的な表現はやめてよね、恥ずかしい」

リカコは笑いを堪えた声で言う。

「恥ずかしいのはあんたでしょ？　あんた、自分が何やってるのかわかってるの？　寝たんでしょ、私の恋人と。いつもみたいにずるがしこい手を使って、やったんでしょ？」

「あの人はフキちゃんの恋人でしょ？　だったらそれでいいじゃない。あの人はフキちゃんとつきあっていたいって思ってるよ。それでいいじゃないの」

「よくない！　あんたはね、私の持ってるものは全部欲しがるの、私から何か奪ってくのが楽しくて仕方がないのよ、どんな汚い真似しても平気で手に入れようとするのよ、今までだってずっとそうだったじゃない。けどね、修平はおもちゃでもワンピースでもないのよ、修平は人なの、私の恋人なの」

「何言ってんの、フキちゃん？」

「これ見よがしに修平の時計して、何よ、何が偶然近所に越してきたのよ、あんたそうやって私のそばにいてずっと監視して、私が何か大切なものを手に入れたら全部奪ってやろうと思ってるんでしょ、あんたは自分のことが汚いと思ったことはないの？醜くて最低だって思ったことはないの？　思ったことがないなら私が言ってあげるけどね、あんたは醜くて汚くて、あんたが自分の妹だと思うとぞっとする」

言葉を吐き出し続けていると、身体じゅうにどんどん力がみなぎってくる気がした。寝苦しく暑い夏の夜に、冷たい飲み物を喉に流しこむように、もうたくさんだと思っているのにコップから口が離れないときみたいに、ずっとこのまま怒りを吐き出し続けたかった。肩で息をしながら目の前でじっと黙っているリカコに焦点を合わせた。私が突然わめき出したことに驚いたのか、リカコはじっと肩をすくめ、少し顔を歪ませて私を上目づかいに見ている。目に映るその顔は、私のよく知っている、ずっと見てきた幼い妹の表情になる。湖に映った景色の中にたたずむ成長したリカコではなく、小さなベッドに寝かされていたときの、お下がりのワンピースを着ていたときの、長い時間を共有してきたすべての妹の表情が目の前にあった。その中に私は、見慣れた恐怖と悲しさを見て取る。リカコの目が潤み始め、耳たぶからゆっくりと赤味を帯び始めた顔を歪ませ、今にも泣き出すように私の目には映る。

　身体じゅうが徐々に熱を持ち始める。じっとしていられなくて私は身体を小刻みに揺らす。指の先まで広がっていく熱は懐かしい感触を残す。瞬きも呼吸も鼓動さえも秩序なくほどけていき、身体じゅうがばらばらになっていきそうな熱さだ。もうすぐだ、もう少しだと、目の前で顔を歪ませているリカコを見て思う。

「あんたのそういう醜さを認めてくれる人がいると信じてるの？　この人だって言ってたわよ、ここはホテルがわりだって。あんたは何勘違いしてたの、あんたと同じ場所で暮らしてくれる人なんていないのよ」

　眉間にしわを寄せ歯を食いしばり目を細め頬をひきつらせ、リカコはじっと罵り続ける私を見つめている。もっと残酷な、もっとめちゃくちゃにこの子を傷つける言葉はないだろうか。けれど思い浮かぶのはバカだのカバだの死んじまえだの、子供が喧嘩に使う幼稚なものばかりで、言葉を失い私は焦る。必死に言葉を捜しながら隙を与えないようにリカコをにらみ続けた。けれど泣き出すはずのリカコは泣かなかった。ゆっくりと口を開き、吐き捨てるようにつぶやいた。

「人んち勝手に押しかけてきて、何ぴーぴーぎゃーぎゃーやってんの?」

私は言葉を捜す作業を中断して開きかけた口を閉じた。

「私にとられなきゃ大事だって思えないくせに。私の手に入ったものがよく思えるだけでしょ? それ、まだなおんないの? いらないものみたいに放っておいて、私が手にしたらとたんにそれがよく見えるだけでしょ? 修平はおもちゃじゃないって言葉、どんな意味だかわかってる?」

挑むような視線でそう言って、リカコは面倒そうに頭をかいた。

「ねえフキちゃん」しばらくの沈黙のあとで、リカコはいやに優しい声を出す。私はリカコに視線を向けた。「北村くんが会社の同僚とつきあってるとき、絶対この人がいいって、自分にはこの人が必要だって思ったって言ってたけど、あの人の、いったい何がよかったの? 私にとられるかもしれないって焦って思い出した? ねえ、タレントの噂話とだれに会ったって自慢が得意なあの男の、どこがいいと思ったの？」

そう言ってから上目遣いに私を見、リカコはくすりと笑い声を漏らして腕時計を外す。

「これ、忘れ物預かってたんだけど、本人に渡しておいてよ」

時計を投げ捨てるように置くリカコを私はじっと見つめた。彼女の後ろに真っ青な空が広がり、鮮やかな夏草が風に揺れ、茶色く濁った川が狂ったように流れていくのが目に映った。あの夜、雨戸が開かれたときそうできなかったように、目の前の妹につかみかかり、その頬を、長い髪を、ジーンズに隠されている白い腹をめちゃくちゃに殴りたいと思った。そう思うときいつも足元からつたってきた息苦しい快感が私を包み、私の視界の中、目の前のリカコだけが浮かび上がり、周囲はぐにゃりと輪郭を歪ませる。身体じゅうに広がっていた熱は温度を上げ続け、不意に熱を落とす。それを合図のようにして私はリカコに飛びかかった。リカコは身体を曲げて私の手から逃れる。たよりないほど細い首を、ふっくらと柔らかい頬を、つねるとすぐに赤くなった小さな腕を追って私は両腕を伸ばす。この女は私と似ていると頭の隅のほうで思った。輪郭でも目の形でもなくて、もっと違うところが似ている。いったいこの女は生まれる前に神様に直談判に行き、私の何を似せて下さいと頼んだのか。一瞬、そんなことを考えた。腕をつかまれて私は動きをとめた。腕の先には困ったようなトモコの笑顔があった。

「ここ、あんまりうるさくするとまずいみたいなんで、きょうだいごっこするならほかの場所でやってくれる?」

トモコに両腕をつかまれたまま私はしゃがみこんだ。私をじっと見据えているリカコは、いまにも泣きそうな、奇妙にもろい中途半端な顔で笑っていた。

その日の仕事はきれいにパッケージされた新発売の生理用品を配ることだった。ほかのアルバイトの女の子たちと一緒にお揃いのピンクのウィンドブレーカーを着て、お試し下さいと機械的に口にする。のっぺりした曇り空を見上げて私は修平のことを思う。

久し振りに部屋へ来た修平に腕時計を差し出すと、彼はそれを腕に巻きつけながら言った。ああ、どこに忘れたかと思ってたんだけど、なんだ、リカちゃんが持っててくれたのか。あのときかな、会議室使ったとき外してそのままにしちゃったのかな。

バイトの子がいつもあと片付けしてくれるから。それはどうとでもとれるような言い方で、何かうしろめたいことがあっていいわけを言っているようにもとれたし、ただ事実を口にしているふうにもとれた。けれど私は、彼のその言葉をどうとろうか決めることも面倒に思え、そう、とだけ言った。

もう少し時間がたって自分が望んでいたとおりこの人と結婚したとして、彼の好きな銘柄のビールで冷蔵庫を満たすことは容易《たやす》く想像できるけれど、私の想像はそれ以上進まない。帰ってくる修平、家を出る修平、風呂場で鼻歌を歌う修平、仕事の話をする修平、見慣れたそれらの光景を繰り返していくと、いつか部屋の中にいるその男には顔がないのだった。

終了の時間がきて、ほかの女の子たちと一緒に事務所の車に乗りこむ。隣り合った女の子たちは多分今日初めて会ったはずなのにもううちとけて、何かの話題でもりあがり、ときどき声を揃えて笑っている。話題に入りそびれて私はただ、禿げあがった運転手の後頭部を眺めていた。

「きゃっ」一人が甲高く叫んでフロントガラスを指す。「今、あっちの空がばちばちって光った」

言い終わる間もなく、曇り空に雷の落ちる音が響き渡る。女の子たちはいっせいに耳をふさぎ悲鳴をあげる。私もつられて耳を押さえた。

事務所に着いたときには大粒の雨が降り始めていて、女の子たちは濡れないようにウィンドブレーカーで頭をかくし、小走りにビルに向かう。曇り空の下、鮮やかなピンク色が大勢走っていく。

ロッカールームは湿った匂いがした。小さい窓にはひっきりなしに雨粒があたり、外の景色を隠している。一列に並んでミニスカートを脱ぎ小さな鏡で化粧をなおし、だれもが雨について話している。

「今日天気予報で雨が降るなんて言ってた？」

隣で着替えていた女の子が突然話しかけてきて、そのなれなれしい口調に私はどきりとして彼女の顔を見る。

「さあ、朝TV見てこなかったから」

知らない女に私は答えた。左隣の女が顔を突き出す。

「やだ、知らないの？　一時的に雷をともなった大雨って、どの天気予報でも言ってたよ」

「ええ、本当？　私傘持ってないよ、だれか駅まで入れてって」

「地下鉄の駅までなら入れてってあげるけど」

遠くでだれかが答える。

「もう夏も終わりね」

「今年は一度しか海に行けなかったな」

「行ったならいいじゃない、私なんて一度も」

「下のフロアではんこ押したら帰っていいの？」

灰色の壁に向かって何かを言えばかならずだれかが答える。雷と大粒の雨のせいなのか、たった一日一緒になっただけの女の子たちは妙にまとまりを見せて、口々に誘い合って一緒に帰っていく。

「一緒に行かない？」

隣の女に誘われたが、私は半分はいたストッキングを指した。

「まだ時間かかるから」

賑やかな女の子たちの声がドアの向うに消えると、灰色のドアばかりのロッカールームは暗く、雨の音が眠れない夜の秒針みたいに響いた。さっきまで親しげに会話を交わしていた女の子たちの気配がまだ残っていて、私はリカコの部屋を思い出した。リカコがどんな理由でだれと住んできたのか、またどういうわけで彼等と別れていくのか知らないけれど、使い古した机や食器と一緒に、彼等の残した気配も一つ残らず段ボールに詰めこんで、リカコは引っ越しを繰り返しているような気がした。

混んだ電車から押し出されるように降りて、私は改札で足をとめる。雨はものすごい勢いで降り、町じゅうがスモークをたいたように真っ白だった。改札に走りこんできた女子高生はスカートの裾を持ち上げて水滴を絞りだしている。傘に身を隠すようにして改札を出ていく老婆の姿を私はぼんやりと目で追った。

もう少し雨足が弱まるまで、と思うが雨の勢いは一向に変わらず、諦めて行こうかと決めかねていると肩をたたかれた。振り返ると立っていたのはリカコで、

「傘ないの？」

とぶっきらぼうに訊く。私が答える前にリカコは、

「この傘に入ってって、うちまで一緒に来ればこれ貸してあげる」

そう続けて大判の赤い傘を開いた。私は何も言わずリカコと肩を並べた。大粒の雨は傘の表面を滴り落ち、私の肘《ひじ》や肩を濡らす。黙ったまま前を向いて歩くリカコの横

顔を私は盗み見た。赤い傘の下、リカコの頬も鼻の頭も、白いワンピースもうっすらと赤く染まっていた。横断歩道で立ち止まり、走り去った車が飛ばしたはねに舌うちをして、リカコは突然口を開いた。

「昔、おうち作ったよね」

雨の音と、走る車の流れにその声は私の耳にうまく届かず、

「えっ？」

大声で聞きかえす。

「赤い傘持ってさ」リカコも前を見据えたままどなるように声をあげる。「裏の畑行ってそれ立てかけて、隠れ家作ったの覚えてない？　おやつの箪笥《たんす》からチョコレートやクッキー持ち出して漫画だの人形だの持ちこんで、二人で暗号作ったじゃない」

「そうだった？」

「忘れたの？」

信号が青に変わり、私とリカコは小走りに渡る。跳ね上がる水滴で脛《すね》が冷たかった。

「トモコもそんなことしたんだって。ガード下に黄色い傘立てかけて隠れ家にしたん

だって。子供ってみんな同じようなことするよね」

リカコは投げ捨てるように言って、それきり黙りこんだ。

リカコの住むアパートが見えてくると、

「ここから走るから。もう傘いらない。貸してあげる」

短く言ってリカコは雨の中に飛び出していく。私はそこに立ったまま、雨に隠されるみたいに煙っていくリカコの後ろ姿を眺めた。傘を飛び出したリカコの後ろ姿は、うっすらと赤い色彩を脱ぎ捨てて走っていくようにも見えた。

途中コンビニエンスストアに寄って出てくると雨足はだいぶおさまっていた。傘を頭上にかざし、頭の上に広がった柔らかなその赤い色に、リカコの言っていた隠れ家をふいに思い出した。点のように思い出したその小さな家は、心の中でみるみるうちに広がっていく。

黄色いパッケージのチョコレート、金色の髪の人形たち、スヌーピーの柄のハンカチ、持ちこんだものはみんなほんのりと赤味を帯びて、折り曲げた自分の足も掌も、隣に坐るリカコの顔も赤く染まり、興奮とねっとりとした草いきれでむせるように息苦しかったあの小さな心地よい空間。そこでリカコと二人、じっと息を殺していったい何をしていたのだったか。雨が降り出し渋々そこから出ていって、後ろを歩くリカコを振り返りもせず家を目指した。家にたどり着く前にそっと振り返ると、雨で煙った緑の濃い畑の中に、ぽっちりと赤い傘が、何かを守るようにじっと雨に打たれていた。だれに教わったわけでもなくみずから進んで傘を立てかけ外界と区切り、ガード下にだれも気づかない隙間を見つけ、本当の悲しみも本当のつらさもまだ知らないはずの子供たちは、何から逃れて自分の場所を捜すのだろうとふと思う。

アパートにつき傘をたたんで空を見上げた。いつの間にか雨は上がり、暮れ始めた空は淡い群青色だった。階段を上がる前に何気なく振り向くと、湿ったほの暗い空気の中に立つ家々の明りがぼんやりとにじんで見えた。白熱灯の白や柔らかい橙《だいだい》色、浮かび上がったカーテンのピンクや看板の毒々しい蛍光色が、妙な明るさを帯びた月のない夜空に浮かぶように、夜を覆い隠すように漂っていた。

草の巣

男の運転する車の中に私はいる。薄汚い白いバンだ。男は大音量で演歌のカセットテープを流している。車の中は埃《ほこり》とヤニの混じったようなにおいがたちこめ、足元には、吸い殻、空き缶、丸めたティッシュペーパーなどが点々と落ちている。出発したのは夕方近くだった。道の両脇を埋める商店が次第にまばらになり、やがて店も民家もなくなり、かなたまで見渡せる田畑が広がる。川沿いを走り、混雑した国道をのろのろ進み、またべつの町があらわれる。埃まみれのショーウィンドウに並んだ流行遅れの服、美容院を飾る色褪《いろあ》せたポスターの女、薄暗い薬局の前でじっと宙を見つめる蛙《かえる》の人形、通りすぎるそれらを私はぼんやり眺めた。両足を持ちあげダッシュボードの上にのせ、ちらりと男を見る。なんの反応もない。シートを倒し、両足をあげたまま窓に目を向ける。淡く橙《だいだい》に染まった空が流れる。

窓の外の景色が見慣れないものにかわってから、どこか落ち着かない気分になり、ひっきりなしに男に話しかけた。けれど男はろくな答えを返さないばかりか、ああ、とか、うう、とか、言葉というよりうなり声に近い音声を歯の隙間から、しかもかなりいやそうに押しだしてくるばかりなので、私も口を閉ざした。ときおり横目で男の顔を盗み見る。酒焼けなのか男の肌は不自然にどす黒く、目は黄色く濁っていて、唇だけが無添加のたらこみたいにやわらかい色をしていた。少ない毛髪は頭のてっぺんでくるくるといくつも渦を巻いていて、海藻をはりつけ波間に漂う薄汚いブイを思わせる。襟の汚れたベージュの作業着を着、ハンドルを握る指の爪はすべて先が黒ずんでいる。

ああのどが渇いた、独り言のように言うと、男はぴくりと体を硬直させ目玉をきょろきょろ動かした。ウィンカーを出し、錆《さ》びかけた自動販売機の前に車をとめる。男は何も言わずハンドルの上に置いた掌《てのひら》を見つめている。車をおり、自分のぶんと男のぶんと、二本ジュースを買った。車の中の男に一本を手渡すと、やっぱり黙ったままプルタブを開け車を走らせた。飲み干した空き缶を足元に転がし、私は男の様子をうかがいながら、トイレに行きたくなった、今無人の八百屋があった、蜜柑《みかん》が食べたい、何か甘いものが食べたいと、間隔をあけてつぶやいた。質問には答えないくせに、そういう要求を口にするたびに男はかすかに体をこわばらせ、それに応えるべくハンドルを切る。会話がないことにすっかり退屈した私は、男の反応を見るためだけに、無人八百屋で欲しくもない果物を買い古ぼけた本屋で雑誌をめくった。

車の中は男のひっきりなしに吸う煙草の煙で霞んでいた。後部座席のシートは倒され黄ばんだワイシャツがまるめてあり、その上に缶ジュースが一本、缶詰が一つのせられている。うしろのスペースには何かわからないがいくつか段ボールが積まれていて、車が大きく揺れるたび、がちゃがちゃとおもちゃ箱をひっくりかえすような音をたてた。

ぎっしり屋根を連ねていた家々が木々に溶けるように消え、やがてすっかり民家は見えなくなった。右手は山の岩肌が迫り左手は鮮やかな緑に塗りこめられた田畑になる。のぼり坂になるにしたがって道幅は狭まり、ようやく二台の車がすれちがえるくらいだったが、対向車がやってくる気配はまるでない。九十度に背を曲げた老婆が向こうからとぼとぼ歩いてくる。今車で走ってきた道には家らしい家は見あたらなかったのに、老婆はどこに向かっているのだろう。ふりむき目で追うが、老婆のうしろ姿はあっという間に小さくなる。木々の合間から沈んでいく太陽が見えた。どろどろに溶けたオレンジ色の塊がゆっくり垂れ下がっていく。まだ遠いのかと尋ねると、男はやっぱり面倒そうに、ああ、と聞こえる溜め息を漏らした。

男は名前を村田という。下の名は知らない。私の働く店にときおり飲みにくる中年男だった。気が弱そうなくせに、勘定の段になるとこちらがミスをしないか目玉だけをぎょろつかせているような男だった。狭い店だし、やってくるのはほとんど顔なじみばかりだから客同士は気軽に言葉を交《か》わす。けれどこの男はだれともしゃべらない。うつむいて入ってきて極力隅のほうの席に座る。この男がしゃべらないことを承知している矢部かおりがコップ酒と適当なつまみを並べると、男は何かの拷問でも受けているみたいにじっと皿を見すえて酒を飲みはじめる。あまりにもかたくなに口を閉ざしているので、男は動物みたいに見えた。身を守ろうとする動物が目だけをかくし、それでだれからも見えていないと信じてじっと動きをとめるように、男もまた人の目を見まいと、それだけに神経を集中させているようだった。ほかの客とはもちろん、矢部かおりとも私ともけっして目を合わせようとしない。うつむいているか、つねにコップに添えた手を目の高さにあげるかしていた。そうして実際、酒くさい息をまき散らす客たちの一人も男に視線を向けるものはいなかった。

働きはじめて二ヵ月が過ぎたころ、突然男が私に話しかけてきた。男はひどく小さな声で、しかもガムを噛《か》むように口の中でしゃべるので何を言っているのかわからなかった。カウンターに身を乗りだして耳を近づけ、え？　と聞きかえすと、男はたしかに私に向かって、どこから来たんだ、と訊いていた。ここに来るまえは東京にいたと私は答えた。東京のどこだ。男は重ねて訊く。しわがれているのに妙にやわらかい声だった。高田馬場と私が答えると、山手線だと男はつぶやく。と、東京、神田、あ、秋葉原。爪の黒ずんだ指を折って男は言う。詳しいんだ、秋葉原、御徒町《おかちまち》、上野でしょ、私は調子を合わせて言った。男は唇を横に開き黄ばんだ歯を見せて笑い、私の首のあたりに視線を据えて、う、鶯谷《うぐいすだに》、日暮里《にっぽり》、西日暮里、そこでしばらく考えて額を叩き、田端《たばた》、と続け、続きを促すようにもう一度笑った。駒込、私が言い、巣鴨、男が言い、高田馬場に着くまで駅名を言い合った。男はうれしそうに笑い、す、住んでたんだ、おれも、と掌の中のコップ酒に向かって言った。へえ、どのへん？　私が訊いても男はにやついたまま首をふるだけで、それ以上は何を訊いても生返事ばかりで会話にならない。私はあきらめてその場を離れた。

一ヵ月に三、四回男は店に来た。二ヵ月に一度くらい、私が近くにいくのをじっと待っていて、もそもそと話しかけてくる。会話らしい会話はない。たいがい山手線の駅名と同じような、おもしろみもなく膨らみようもないしりとり遊びみたいなもので、たとえば酒の銘柄だったり天気だったり——昨日は曇り、おとといは雨、さきおとといも雨、といった具合——順々に記憶をさぐりだすその奇妙な言葉の羅列が男には最良のコミュニケーションに思えるらしく、ひととおり言い終わるとふたたび皿に視線を戻して黙りこんでしまう。

男が話しかけてきたのはこのあいだの木曜のことだった。カウンターに腹を押しあて耳を近づけると、家を作ってんだ、男は言った。そこからどんな羅列がはじまるのか、ミツイ、セキスイ、ナショナル、見知った家関係の単語が頭の中を駆けめぐるが、男はそれきり言葉を切ってにたりと笑った。へえ、家？　私はくりかえした。い、い、家だ。新居？　ひょっとして一人で作ってるの？　どこに？　重ねて訊いても男はコップ酒を鏡に見立てるようにしてにやにや笑うだけで答えない。

「見たいか」しばらくして男は言った。

「うん」私は答えた。

「連れ、連れてってやるよ」男は言って自分の指をしきりにこすっていたが、日曜、二時に駅前のロータリーに来な、と、どもりながら早口で言った。

もちろん行くつもりはなかった。男の誘い文句だって、ほかの客たちがよく口にする、ゴルフに連れていってやる、駅向こうにオープンした寿司屋でたらふく食わせてやる、実現しえないその場限りの約束と同じようなものだと思っていたし、男にも、男の建てる家にも興味はなかった。だいたいその場所へ向かう道中、延々しりとり遊びめいたことをしなくてはならないのかと思うと尻のあたりがむずむずした。

その日曜、男との約束などすっかり忘れ、いつもどおり洗濯をし掃除をすませ、仲野といっしょにTVの前でごろごろして過ごしていた。夕食に何が食べたいかと訊くと、ビーフストロガノフと仲野が答えたので、それに必要な買い物メモをポケットに入れ身支度をした。出がけに仲野が私を呼びとめ、封筒を差しだして、来月の家賃、少し早いけど払ってきてよ、と言った。私は受け取り、じゃあ来週中に半分返す、と言って部屋を出た。部屋の家賃は管理費を入れて七万五千円で、毎月二十五日前後に大家の家まで払いにいく。たいがい仲野が出し、あとから私が半分彼に渡している。

大家の家はあとから行くつもりで素通りし、まず駅の向こうのスーパーを目指した。四時をまわっていた。駅を通りすぎるとき何気なくロータリーを見渡し、足をとめた。人気のないロータリーに一台のバンがとまっていて、大きく開け放たれた窓から男が顔を突きだしていた。男の目はロータリーの中央にある、水の涸《か》れた噴水に向けられていた。日のあたらない駅の構内で、私はしばらく男を眺めた。ふと自分が幼い子供であるような錯覚を抱いた。

　こんなふうにして立ちどまったことが以前にもあり、それがいつのことだったのか、ポケットの中の買い物メモをしきりに指でこすりながら記憶をたどる。どこに行くにもバスに乗らなければならない町に住んでいたときだから、小学校二年になったばかりだったと思う。三ヵ月前に転校した小学校は宗教校で、毎日曜日教会学校に行かなければならなかった。そうだ、バスで四十五分かかる教会に行くために、私は早朝のバス停に立っていた。母親の縫った手提袋を手に、すっかり錆びた時刻表に何度も顔を近づけたり離したりしていた。車のエンジン音が遠くで聞こえ、目を凝らすとカーブを曲がってきたのはバスではなく赤い乗用車だった。埃まみれのその一台は私の前で速度をゆるめ、ふいにとまった。ゆっくりと窓が開き、色白の男が助手席に身を乗りだし顔を見せた。鼻と頬が果物みたいにピンク色だった。不自然なくらい大きな耳は男の顔に垂直に差しこまれたように立っていて、宇宙人みたいだ、と思った。男は血の気のない薄い唇を開き、ぼくはきみのおかあさんの友達なんだけど、と小さな声で言った。あたりに人気はなく静まりかえっていた。今日のバスは遅れるみたいだからきみを乗せて送っていくように頼まれたんだ。歯並びが悪く、男が話すたびにすかすかと息が漏れた。私はじっと男を見た。乗りなよ、男は言って小さく笑ってみせた。うそだというのはすぐにわかった。母親に友達なんかいるはずがないのだ。ここへ引っ越してきてから三ヵ月間ずっとミシンと向き合っている母親の背中が浮かんだ。男はそれきり言葉を切り、私を見た。いつのまにか男の顔から笑顔は消えていた。ただぼんやりとうつろな目で私を見ていた。私は何も言わず阿呆みたいに突っ立って男の顔を眺めていた。一瞬、茶色がかった男の目の中に、自分の家の細部が映った。今住んでいる家だけではない、今まで引っ越しを繰り返してきた家々の、窓とか、シールがべたべた貼られたたんすとか、壁に押しつけられたTVとか、TVのわきの葉の枯れた植木とか。あるいは湯呑みと茶筒とか、玄関のドアノブとか。繰り返されるフラッシュみたいにそれはちらついて消えていった。静まりかえったあたりにエンジン音が響き渡り、カーブを曲がってくるバスが見えた。男はちらりとふりむき、急いで窓を閉め車を走らせた。バスが私の前でとまるころには赤い車はもう見えなかった。

買い物メモをなでさすっていた手をポケットから出し、ロータリーの陰と日向を縫うように歩いて白いバンに近づいた。男は私の姿を認めると、何も言わずに助手席のドアを開けた。

緩いのぼり坂の左手に雑木林が続き、樹間から焼けただれたような夕日が見え隠れした。おなかが空いたと私は言った。男はちらりと私を見たが何も言わない。どろどろに溶けた太陽が山の中にすっぽり消えてしまうころ、木々と岩壁以外何もなかった道路の先に赤いのぼりが翻っているのが見えた。色褪せた長方形の布地に、黄色い文字で、ラーメンと書かれている。木々がとぎれ砂利《じゃり》敷きの広場があり、隅にぽつりとラーメン屋があった。男は何も言わないまま店の前でハンドルを切り、エンジンをとめた。煙草のパッケージをポケットに突っ込み、車をおりる。私もあとに続いた。

カウンターがあるだけの狭い店だった。客はだれもいない。端がちぎれ、色の褪せたポスターが壁じゅうにべたべた貼りつけてある。男は隅の席に腰かけると、カウンターの下から雑誌をひっぱりだしてページをめくる。男の隣に座り、のぞきこむと男が開いているのは写真雑誌だった。乳房の大きな水着姿の女がこちらに向かって笑っている。奥からエプロン姿の男が出てきて、いらっしゃい、低い声で言った。ラーメン、男は口の中で言い、ふたつ、私はそれにつけ加えた。

私たちに背中を向け、エプロン男はラーメンを作りはじめる。ひょろりと痩せて、小柄で、頭の薄い男だった。ここんとこやんなるよね、冬だか夏だかわかんないような陽気が続いてさ、あったかいのはいいんだよ、寒いのはこたえるねえ、村田さんはどうよ、腰の具合、雨降ると痛むって言ってたやつ。背中を向けたまま、右手と左手を器用に操ってエプロン男はいきなりしゃべりはじめる。ラーメン屋が男を知っているらしいことに驚いて男を見るが、男はうつむいて写真雑誌を眺めている。ああ、だめだね、ずいぶん長い間をおいて、男は答えた。

ラーメン屋は大鍋をかき混ぜながらちらちらと私をふりかえる。男と私の関係を訊きたがっているようだったが、私の隣で男はすでに目を隠す動物状態になっており、こうなったら何を訊いてもろくな返答が得られないことをラーメン屋も承知しているようだった。私は入り口の外を見た。さっきまで薄い青だった表はだいぶ濃さを増している。店頭の明りがあたりを白くくりぬいているからよけい闇は深く見え、どこにもつながらないトンネルの中にいるような気がした。

ラーメン屋は私たちの前にそれぞれどんぶりを置き、ビールを一本つけてくれた。おねえさんこのあたりの人じゃないでしょう、自分のコップにもビールをついでラーメン屋が訊く。ずいぶん寂《さび》れたとこだなあって思うでしょう、歩いてるのはじいさんばあさんばっかだし、店なんかほら、ほとんどシャッターおろしちゃって。でもねこはこれからなのよ。夏になればがらりと変わるよ、町も人間もさ。梅雨があけてからいらっしゃいよ、今なんか一番だめ。ラーメン屋は途切れなくしゃべる。どこかなつかしい味のする醤油ラーメンをすすりながら私は幾度かうなずいた。ズザザズザザと私のわきですさまじい音をたて、男は写真雑誌と向き合ってラーメンをすすっている。ラーメン屋はちらりと男を見やって私に目配せし、何か訊きだしたくてたまらない表情で笑いかけた。私はあいまいに笑ってどんぶりに目を落とす。なんでもいい、見知らぬラーメン屋と一言でも二言でもまともな会話を交わしたかったが、今口を開いたらきっともう男の車に乗りたくなるだろうと思った。ラーメン屋にここから自分の住む駅への行きかたを訊き、歩いてだって帰るだろうと思った。そうしたくなかったので私は黙っていた。ラーメン屋が一杯飲み、私が一杯飲み、残りのビールを男は全部飲み干して立ち上がる。ベージュのズボンのポケットからしわくちゃの紙幣を出し、勘定をして表に出る。

「また寄ってよ、帰りにでも」ラーメン屋が声をかける。自動ドアを出てふりむくと、奥にひっこんでいくラーメン屋の小さな背中が見えた。

車に乗りこみエンジンをかけるが男はハンドルを握らない。しばらくの沈黙のあとで、金、ぼそりと言う。

「え？」聞きかえすと、

「ラーメン代」低く言った。私は財布から小銭を出して男に手渡した。

車のデジタル時計は六時七分を示している。窓の外は黒くぬりこめられ、周囲にいったい何があるのかわからない。ときおり上空に路線を示す青い標識が浮かび上がっては流れていく。亀石という文字だけ読めたが、そんな場所は聞いたこともなく、亀石、亀石、とくりかえしているとなんだか現実味のない地名に思えた。家を見せるなんてうそなのかもしれない、くりかえし流れる演歌に耳を傾けながら考えた。このまま どこかに連れ去られて、乱暴されて殺され、尻のポケットにつっこんだ七万五千円の封筒を奪われ、ビーフストロガノフの材料を買うはずだった財布の小銭も取られ、寂しい山道に埋められるのかもしれない。そう空想してみるがそれもまた、亀石という地名と同じくらい遠いことのように思え、したがって恐怖感もわいてこないのだった。ほかに考えることもないし景色も見えないので、退屈しのぎにその空想に肉付けをし、少しでもリアルにしてみようと試みるが、そうすればするだけ、どうでもいい気分になってくる。

伸びをするふりをしてバックミラーに男の目を捜す。意志とか力とか、そんな光のいっさい宿らない目だ。こちらをまともに見ることすらできない濁った目。私はこの男をよく知らない。意味のない言葉の羅列以外、まともな会話をしたこともない。男は多分、私が会ったことのない種類の人間だ。私のよく知っている、たとえば仲野とか、昔の男友達ならば、口をつぐんでいてもだいたい何を考えているか、あるいは考えていないか、なんとなくわかる。男の沈黙は私の知っている沈黙ではない。息苦しくもないかわり、意味のない気軽さもない。だいたい、男がなぜ突然私に家を見せようと思ったのか、それだってわからない。普通は私に好意を持っているのだろうとか、新しい家を見せびらかしたくてたまらないのだろうとか、相手の様子から予測がつくが、男の目を見ているとそれもわからなくなってくる。空白の表情を前に向ける男の顔をもう一度盗み見る。どこかで見たことがあるような気がする。どこで見たのだろう。何かが胸の奥でごろりと転がり、思いだしかけたそのとき、男が車をとめた。

「こっからは歩かないといけない」

口の中でつぶやいて男はエンジンを切る。そうぞうしい演歌がすっと消える。車をおりると耳の奥がしびれるくらい静かだった。先まで続く一本道の右手に木々が生い茂っている。左手には何があるのか、どす黒い闇が広がっているだけだ。男は一本道をのぼりはじめる。しばらく行くと壊れて錆びた自動販売機があり、そのわきから細い山道が続いていた。山道の入り口で検問をするように小さな地蔵がたたずんでいる。男は地蔵をよけて山道に入っていく。あとに続こうとして地蔵の前で足をとめた。私の膝にも満たない石の固まりは、暗闇の中不自然に白く浮かびあがっていた。

人一人がようやく歩けるほどの細い道だった。以前は登山道だったのか、それとも男が何度も通ったのか、まばらに生える雑草の下にうっすら続く道がある。暗闇の先で、男のうわっぱりがぼんやり揺れている。男が草を踏む音と私がかき分ける音と、ときおり重なり合ってはほぐれてあたりに響いた。耳の奥でかすかに鳴り続ける、布地をひきずるような音が、あまりの静けさのための耳鳴りだと思っていたのだが波の音だと気づいてふりかえる。重なり合う葉の合間から白いバンが見えた。その向こうに目を凝らすがやっぱり何も見えない。墨をこぼしたようにどんよりと暗い色が広がっているだけだ。

進むにつれてのぼりは急になり闇は濃さを増す。足元で踏み倒された雑草は湿り気を帯びていて足音を吸いこむ。転がった枯れ枝に幾度か足をとられ転びかけた。先を行く男は、淡々と一定のペースで進む。息が切れ、何度も立ちどまったのでだいぶ距離があいてしまった。頭上で木々の葉がこすれあい、ざわざわとにぎやかな音をたてては静まりかえる。自分の荒々しい息づかいだけが耳のすぐ近くで聞こえる。じっと見据えているうち、前方に揺れる男の背中が、ほの白いその一点が、次第にふくれあがって見え、男が私の知っている村田とは思えなくなる。いや、見知らぬ男でもなく、もっと違うものに思えてくる。私はいったい何に連れられてどこに行こうとしているのかわからなくなる。ゆっくりとわきおこる木々のざわめきみたいに、恐怖が足元から這《は》い上がってくる。この山の中で犯され殺されるかも知れないというのとは違う、もっと意味のないどろどろした恐怖だ。尿意をもよおし早足になる。

前方に揺れる男の上着がふとわきにそれる。ついていくと山道の途中、わずかばかり平地が広がり、雑草がすべて踏み倒された一角がある。踏み潰された雑草が歪んだ四角を作っているのが、月の明りでうっすら見えた。それは私の想像していたどんなひどい家とも違った。四角の中には雨曝《あまざら》しになったTVがあり、プラグを草の上に投げだしたビデオデッキがあり、空になった一升瓶が転がっていて、足の一本ないちゃぶ台が斜めに傾いていた。なんのつもりかと男に尋ねようと思うが声は出ず、私はその光景の前で動きをとめた。月明りで薄明るいのに、そこだけ深い闇に沈んだような場所を私はしばらく眺めていた。深く沈んだ闇に漂うように、古道具が浮かび上がっている。今まで感じていた意味不明の恐怖が足元から急激に喉元までせりあがってくる。幼い日、底の見えない井戸をのぞいたときの気分によく似ていた。

男は私をふりかえり、にたりと笑った。それはいつもの、人の目を見ない村田の弱々しい笑みで、私はようやく恐怖を忘れる。目の前にあるのはぽっくりと無限の闇をのぞかせている巨大な井戸ではなく、ただの粗大ごみだと気づき、同時に、腕が無性にかゆいことに思いあたる。ここまで来る途中右腕を何かに刺されたらしく、かゆみが広がっていて、シャツの上からしきりに引《ひ》っ掻《か》くが、掻けば掻くほどかゆみの核がどこであるのかわからなくなり、左手で腕全体を撫でさする。私は男を見た。男はどこか得意げにも思える表情でにたにたと笑う。無性にいらいらした。

「これを作ってると言ったの」

「まだまだなんだ、作りはじめたばかりだから」草の倒れた四角を見やって男は言う。

「これから、もっと家らしくなる」

私は何も言わなかった。この男は私をからかっているのだろうか。それとも頭がおかしいのだろうか。言葉を組み立てるために口をもごもごと動かす男を見ていた。

「あちこち行って、さ、さ、捜すんだ、金はかけられねえから、空き家とか、ごみ捨て場に行って、まだ使えるものを捜して、それで、家が、できあがる」

「この山、あんたの山なの」

そう言ってから、ずいぶんばかげた質問だと思った。けれどそれ以上に、ばかみたいな質問がよく似合う状況だとも思った。

「いや、だれのもんでもねえ」

男はそこで言葉を切り、なおもしゃべろうと口を動かしていたが、私は苛立たしげな声を出してそれを遮《さえぎ》った。

「ちょっと私、トイレ行きたいんだけど」

もっとほかに言うべきことや考えるべきことがあるような気もしたが、腕には気味の悪いかゆみが広がり、先ほどの恐怖は消えても尿意はおさまらず、一刻も早くここを去りたかった。自分は今混乱していると、頭のどこか冷えたところで感じていた。男は顎をしゃくって見せ、そのへんに隠れてしたらいいじゃないかと言いたげに口元を数回動かした。

「ちょっと、何考えてんの、こんなところでできるわけないじゃない」

苛立ちをあらわにして声をあげると、男はびくりとしあわてて元来た道を下りはじめた。煙草に火をつけ、片手をポケットにつっこみ、背を丸めて歩く。生い茂った雑草に囲まれた男の家をちらりと見やって、私もあとに続いた。男の手にした煙草の火が濃くなり薄くなりして先へ進んでいく。ほのかな明りは見知らぬ場所に迷いこんだ蛍みたいに、不安定に揺れていた。

波の音が次第に鮮明に聞こえてくるころ、ロータリーで待っていた男の顔が浮かんだ。あの男は車の中で二時間も私を待っていたのだ、草を踏み潰し粗大ごみを並べただけの家を見せるために。立ちどまり、ポケットの中にねじこんでおいた七万五千百円を掌にのせ、月明りに照らしてみた。

車が緩やかな下りに差しかかると、一本道の先にいくつか明りが見えてきた。旅館やラブホテルや展望温泉の名を記した看板も目立ってくる。右腕のかゆみは引いたが軽くしびれていた。半年もあればできるんだと男はハンドルを握りしめたままつぶやいた。なおも何か言おうとして、単語にならない短い声を発していたが、説明するのをあきらめたらしくちっとひとつ舌うちをした。闇に浮かび上がるのは旅館かラブホテルの看板ばかりで、公衆便所やレストランのようなものは見あたらない。窓の外に流れる建物や看板を目で追っていたが、次第に我慢できなくなり、白いライトに照らされた看板を見つけて、あそこに行ってほしいととっさに男に言った。看板には、展望温泉が自慢の旅荘あおい、素泊まりＯＫ、一泊四千五百円から、と黒々と描かれていた。トイレだけ借りるつもりだったのだが、行ってほしいと口に出したとたん、帰るのが急にいやになった。言われるまま男は速度をゆるめ、看板が指し示すとおりにわき道を曲がり、大木に覆われた砂利道を進む。垂直に伸びた大木が迫っては消えた。車のヘッドライト以外はなんの明りもない寂しい道だった。弾けて車体にあたる砂利が耳障《みみざわ》りな音をたてる。道の先に水で溶いたような明りが見えてきた。

「私あそこに一晩泊まっていくから、私をおろして帰っていいよ」

私は言った。男は何も言わなかった。

砂利道の行きどまりに建っていたのは古びた温泉宿だった。旅館というより掘っ建て小屋か朽ち果てた連れこみ宿みたいだったが、軒先には「旅荘　あおい」と記されていた。車をおり門をくぐる。車のエンジンを切って男もついてくる。男を無視し、入り口の引き戸を引くと、内部はどんよりと暗く、黒ずんだ廊下がずっと奥まで続いている。奥から一人女が出てきた。小花模様がプリントされたシャツにジーンズ姿の、ひどくやせた中年女だった。薄暗い間口に立ち、いらっしゃいませ、と機械的な声を出す。一筋だって余計な筋肉は動かすまいと固く心に決めているように無表情のままましゃべる。色の不自然に白い細長い女の顔はどこか作り物めいていて、精巧に作られたロボットを思わせる。お泊まりですか、口を動かさずに女が訊く。

「看板見たんですけど、素泊まりでもいいって」

私は言った。かまいません、女はたたみかけるように言う。

「じゃあ一部屋お願いします」

「二部屋だ」

男がかすれた弱々しい声でつけくわえる。ふりかえった。男は自分の足元を見つめ、片手でしきりに頭をなでまわし突っ立っている。一瞬尿意を忘れ、どうしてさっき、こんな男に恐怖など感じたのかと不思議に思った。

「二部屋」

女は言って私たちを眺めまわす。そうだ、二部屋だ、男は弱々しく繰り返した。

「朝食は千円で承っておりますがどうなさいますか」

「お願いします」

かしこまりましたと、例の機械的な口調で言って女は廊下を進んでいく。靴を脱ぎあとに続く。どこかおどおどした様子で男もあがってくる。黒ずんだ廊下は歩くたびにきしんで不愉快な音をたてた。長い廊下の両側に白く四角い襖《ふすま》がずらりと並んでいた。それぞれの襖の上に番号の描かれた札が貼ってあり、見たことはないが牢獄を思わせた。ソックスをはいているのに足に触れる床はびっくりするほど冷たい。温泉はこちらでございます、二十四時間常時入浴できます、窓から太平洋が一望できます、朝食は午前七時から九時までのあいだにご用意いたします、フロントわきに食堂がございますのでそちらでお召し上がりください、女は歩きながらパンフレットを読みあげるような口調で言った。

私は一番奥の部屋、男はその隣へ通された。私は男をふりかえりもせず部屋にひっこんで襖を閉めた。六畳のすりきれた畳が広がっているだけの部屋だった。しかも隣との境は襖になっている。部屋にトイレはなく、女が去るやいなや私は部屋を飛びだして真向かいにある女便所に飛びこんだ。用を足しながら上を向くと濃紺の夜空が小さな窓に切り取られていた。

男は何をしているのか襖の向こうでは物音一つしない。ロボット女にタオルを貸してもらい風呂に行った。ぼんやりと襖を浮かびあがらせた廊下を曲がるとふたたび薄暗い廊下が続いている。そのつきあたりに風呂があった。

湯気で白く霞んだ浴室には老婆がひとりいて体を洗っていた。背を丸め、のぞきこむようにして陰部を洗っている。うしろを通りすぎるとき老婆はふりむいて笑いかけた。その丸い小さな顔はさっき見た地蔵を思わせた。暗闇で地蔵の表情など見えなかったはずなのに、あの地蔵に似ていると思って湯に浸《つ》かる。水滴をはりつけた窓をこすると表はただどす黒いだけだった。その黒の中に、ぽちりぽちりと揺れる光がある。星にしては位置が低い。海に浮かぶ漁船だと気づくが、なぜだかそれが、対岸にある民家のような気がしてならなかった。

白く濁ったやわらかい湯の中で全身を伸ばしていると、ふいに愉快な気分になった。桶の水を肩からかぶり、老婆はもう一度私を見て笑い、お先に、しわがれた声で言い出ていった。扉が閉まるのを見届けてから広い湯船の中を泳ぎまわった。平泳ぎで反対側までいき、湯の中でターンして背泳ぎで戻る。湯から出ると息が切れていた。右腕を見る。インクが飛び散ったような、無数の赤い点々が浮きあがっている。仲野のことを思いだした。ビーフストロガノフを食べそこねて彼は、夕食に何を食べたのだろう。

部屋に戻ると布団が敷いてあった。きんと冷えたシーツは体の下でぱりぱりかすかな音をたてる。豆電球だけをともし天井の木目を眺めていると、ほかにもずいぶん泊まり客があるのか、廊下を小走りに進むスリッパの音がときおり聞こえた。抑えた話し声も聞こえた。私は襖を見た。襖のあわせ目が細く白い光を放っている。ここを開けて私に覆いかぶさるのはたやすいことなのに、襖は開かない。ただ、話しかけるような放屁音が漏れ聞こえてくるだけだった。首だけひねって縦一本に伸びる細長い光を眺めた。その光が横に広がり男が襲いかかってくるのを、まるで待つように眺めていた。

店は「たちばな」といい、昼は十一時から三時のあいだ定食を扱い、夜は六時から十一時まで飲み屋になる。たちばなというその屋号が、だれの名であるのか私は知らない。店主である老婆は井坂サヨ子といい、夜の飲み屋をしきっているのがその娘で矢部かおりという。私は日曜以外の毎日、四時から十二時までそこで働く。去年の年末、電柱に貼ってあった貼り紙を見てアルバイトを申しこんだ。先日急に女の子が一人辞めたとかで、すぐ採用された。

たちばなの母娘は店の二階に住んでいる。矢部かおりは四時ごろ起きてきて、私が簡単な仕込みをするのを横から眺めてああだこうだと指示をする。年老いた井坂サヨ子は入れ違いに二階へ上がっていく。定食の時間にアルバイトをしている、えっちゃんという赤茶けた髪の女の子も帰っていく。二階から流れてくる大音量の水戸黄門を聴きながら私は葱《ねぎ》をきざみキャベツをきざみじゃがいもを裏漉《うらご》しする。

いつだったか、トレーナーにジャージ姿の矢部かおりが、大量の大根をおろす私の隣で煙草を吸いながら、うちは女系家族なのだと話したことがあった。生まれてくるのは女ばかりだし、婿《むこ》をとったり嫁いだりしてもかならず男が弾きだされる、そうしてみんななんとなく帰ってくると、物語のあらすじを語るように彼女は話した。あたしは四人姉妹の二番目、一番目は海のほうで暮らしてる、夏になるとたちばな屋っていう海の家が出るんだけどそれやってるのがあたしのねえちゃん、アパート持ってるからさ、夏以外は遊んでんの、婿とったけど旦那は八年前に死んだよね、なんて言ったか脳の病気で。昼間手伝ってくれてるのがその娘。あたし別れて戻ってくる前は、千葉にいたんだよ、知ってるあんた、木更津《きさらづ》ってとこ。木更津って名前の由来はね、君去らず、なんだって、きれいだよね、あたしは去ってきちゃったわけだけどさ。三番目が未婚で一番上と暮らしてる、男運悪いんだよね、頭いいんだけど。四番目はわりと早く嫁いだけど、子供生まれる前に相手の男は死んだね、事故で。飲むと暴れるひどいやつだった。すぐ再婚したんだけど、今離婚するとかしないとかで揉めてるよ、東京で。まあじき戻ってくるんだろうけどね。

あんまりさらさら話すものだから、うそかもしれないと思いながら聞いていた。えっちゃんだって一人娘で、婆ちゃんも三人姉妹の真ん中だったんだから、不思議なもんだよね、言ったら気にするから言わないけどさ、えっちゃんだってきっと結婚してもだめになるね、本人したいらしいけどね。矢部かおりは身を乗りだしてそう耳打ちし、彼女の吐きだす煙が目にしみておろし金で指を切った。すりたての大根が血を含んですっと赤く染まり、その部分を矢部かおりに見られないようにつまんで捨て、名字、かえなかったんですねと訊くと、だってかっこいいじゃん、矢部かおりなんて、女優みたいで、と彼女は答えた。

急に辞めていったのは私の前に働いていた女の子ばかりでなく、ずいぶんたくさんの女の子がアルバイトに来てはすぐ辞めてしまったことを知った。その理由は一ヵ月が過ぎるころなんとなく理解できた。たちばなの母娘は異様に疑り深いのだった。とくに老いたサヨ子は病的なほど被害妄想を抱きやすい。私がほかの女の子より長く働くことができたのは、疑われたりすることに鈍感だからなのかもしれない。

矢部かおりの通帳がなくなったときもまず最初に私が疑われた。どこかにしまいこんだのではないか、とか、この前銀行に行ったときそこに忘れてきたのではないか、とか、そういう方面に彼女たちの思考回路はつながっていないらしく、通帳がなくなるやいなや、すぐに身近なだれかが盗んだ、という答えが弾きだされる。通帳を知らないかと母娘がかわるがわる尋ねにきて、しまいには、あれだけ持っていったってはんこがなければ下ろせやしないなどとわかりきったことを言ってくる。ちょっとバッグの中身を見せてくれと言われて、ようやく疑われているのだと気づいた。結局通帳は彼女たちの部屋のどこからか出てきたらしいが、謝罪も弁解もない。帰りしな、入れ歯を外したサヨ子が出てきてタッパーに詰めたかぼちゃの煮物を無言で持たせてくれたが、その甘ったるい煮物が謝罪の意を含んでいたのかはわからない。

レジの金がさっきより少ない、町内会費を入れておいた封筒が見あたらない、はんこがなくなった、知らないか、と、すべて最初に訊かれるのが私である。早朝六時に電話で叩き起こされ、振込み用紙と一緒に置いておいた一万円を知らないかと老婆に問い詰められることもあった。ならばアルバイトなど頼らずに身内のものだけで店を切り盛りすればいいとも思うのだが、彼女たちの女家族はみんな忙しいか、そう思いつかないかのどちらからしい。

それほど金銭に関してやかましく疑り深いのに、彼女たちは実に無頓着に金品を放り出しておくようなところがある。厨房の下にキャッシュカードが落ちていたり、洗面所のわきに二万円が置いてあったり、開店前のカウンターにぷっくりふくれたがま口が放ってあったりする。月に一度矢部かおりは客たちと大酒を飲んで酔っぱらい、レジに鍵をかけ忘れたまま二階へ行ってしまうこともある。最初は何か試しているのかとこちらも被害妄想的に思ったが、実際そうではなく、ただ単にだらしがないだけなのだと気づいた。だらしがないからすぐどこかにやってしまい、見あたらないとだれかが盗んだとしか考えられないからいつまでたってもだらしよくならないのだと、だれもいない店内で、鍵のかかっていないレジの中身を眺めながら考えた。

朝、耳元で大量の牛蛙が鳴いているので枕元の時計に手を伸ばす。私のアパートのすぐ裏は一面の田んぼで、五月の終わりごろからぼうう、ぼううとひっきりなしに牛蛙の合唱が聞こえる。けれど時計のかわりに手に触れたのはまるめたジーンズで、目を開くと見慣れぬ木目の天井があり、昨日のことを思いだすのにしばらくかかった。歪んだ線を人の顔や動物になぞらえて、そのまま動かず牛蛙の声を聞いた。いきなり廊下から音楽が聞こえてくる。朝食の用意ができました、食堂にお集りくださいと、昨日の女の声でアナウンスが入る。布団から出て浴衣《ゆかた》の乱れをなおした。部屋を出るとき牛蛙の声はぴたりとやんだ。ああ、男のいびきだったのだとぼんやり思った。

食堂には細長いテーブルが六つ並んでいた。窓はなく、蛍光灯が幾つも並んだ食器を照らしていた。それぞれの席に部屋番号の書かれた紙が置いてあり、席は半分ほど埋まっている。浴衣の胸元をはだけさせた中年女たちが声高に話しながら茶をつぎあい、おかしいほど洒落こんだ老夫婦が向き合って味噌汁をすすり、起き抜けの髪のせいで頭が二倍以上に膨れあがって見える若い男がもそもそと米粒を嚙んでいる。自分の席につき箸を割った。昨日の女がご飯をよそって持ってくる。味噌汁を飲みこんだとき作業着に着がえた男がのっそりあらわれて、どこかびくびくしながら自分の席に座った。男はものの五分足らずで掻きこむようにして食事をし、背をまるめて食堂を出ていった。

着がえをすませ、玄関わきに置いてあるソファに腰かけていると男が来た。パチンコ景品所のように小さなカウンターでべつべつに支払いをすませ、無言のまま表に出た。逆立った髪をしきりに撫でつけながら男は歩き、キーを車のドアに差しこんで、

「あ、あんた、どうするんだ」

ぼそりと言う。

「べつに、どうする予定もないんだけど」言いながら車に乗りこんだ。実際、駅まで男に送ってもらって帰るとか、どこかでおろしてもらうとか、何も決めていなかった。男はそう言ったきり口をつぐみ、黙ってエンジンをかけた。車は砂利道を走りだす。

「私、たちばなへはもう行けないんだ」

男の反応が見たくてそう口にした。男は前を向いたまま黙りこんでいる。

「お金、盗んだの。土曜日帰ろうとしたらレジが開いてたから、中に入っていたの全部抜き取ってきちゃったの」

うそをついた。驚いたり、もっと詳しく知りたがったり、なんでもいいから男の顔に少しでも興味めいたものがあらわれないかと盗み見るが、男は三ヵ月前から閉まっている店のシャッターのように重苦しく口を閉ざしている。

「べつにお金に困ってるわけじゃないんだけどさ、なんていうの、魔がさすってああいうことというのかなあ」けれど男はまるで何も聞こえないように前ばかり見ているので「だからもう行けないの、たちばなには。私にはもうなんの予定もないの」としめくくった。男はまったく反応を示さずハンドルを切り、片手をズボンの内側につっこんで尻を掻いていた。

夜の明けきらないような、重たい色の空が木々の上に見え隠れした。運転席側の窓を見るとガードレールのはるか下に海が広がっている。彼方《かなた》のぼやけた灰色の海水は、どろどろと粘り気があるように見えた。車は昨日とおった道をおとなしく戻っていく。窓の外、錆びた自動販売機が流れ、形の崩れた地蔵が流れた。首をひねって見上げるが、連なる大木に隠れてもちろん男の作りかけの家は見えなかった。男はカセットのスイッチを入れる。男の薄桃色の唇は数ミリほど開いているがそこから言葉が出てくる気配はない。だれかに似てるような気がするんだけど、と言おうとして口を開き、どうせなんの答えも返ってこないだろうと唇を舌でなめまわした。シートを倒し目を閉じると、ひきずりこまれるように眠りに落ちた。

耳元近くでやかましく人の声がするので目を覚ました。最初に目に入ったのは内蔵されているデジタル時計で、十一時五分を示していた。窓の外は相変わらずどんよりしているので夜明けのようにも夕方のようにも思え、11と05という数字が何を示しているのか一瞬わからなかった。話し声にふりむくと後部座席に見たことのない若い男が乗っている。倒れたシートから奥のトランクまで大小の段ボール箱がぎっしり積まれていて、それらに押しつぶされそうになりながら隅に座っている。彼は私を見て口をつぐみ、数回目をしばたたかせてから、

「あ、はじめまして、販売推進部隊第三隊榎本です、今日一日ご一緒させてもらいますのでよろしくお願いします」

はきはきと言って窮屈そうに頭を下げた。彼が何を言っているのかまるで理解できず、夢の中の登場人物に思えた。部隊？　かろうじて耳に残った言葉をくりかえす。彼はあわてて名刺をとりだし、押しつけるようにして手渡してくる。聞いたことのある文房具メーカーの社名と、榎本祐二、という名前が書かれている。

「研修中なんです、五月の半ばからずっとあちこちまわってご一緒させていただいて」

榎本という男はそこで言葉を切って私を見つめる。まだ眠気の残る目を私も彼に向けた。目玉のくりくりと丸い、漫画風のねずみみたいだった。私にも自己紹介を乞うようにときおり小刻みに首をかしげる。

「なあに、どういうこと」

流れ続けるカセットの音量を下げ、相変わらず前を向いて車を走らせる男に訊いた。唾で何かを練り上げるように男は口を動かし、こ、こ、こ、こ、気の毒になるくらいどもってから、小売店まわりだ、吐き捨てるように言った。

「小売店まわりってひょっとしてあなたそういう仕事してるの？」

思わず訊くと男は大きくうなずいて見せた。うしろの席で榎本がきょとんとした顔つきで私たちのやりとりを聞いている。

「じゃあ何、今って仕事中なの？」男は面倒そうにうなずく。「小売店まわりってこれからするの？　じゃあ私乗ってたらやばいじゃない、おりなきゃいけないの？」

そう言ってから急にどこを走っているのか気になった。男が仕事をしているとは思っていなかった、もちろん、いつも作業着ふうの格好をしているから無職だと思っていたわけではないけれど、駅名しりとり以外ほとんど口をきかない男と、榎本の差しだした名刺や研修という言葉、それに小売店まわりという単語はうまく結びつかなかった。窓の外を見るが、どこなのかわからない。道幅の狭い二車線道路、客の一人も入っていない和菓子屋、埃まみれの蛙人形を並べた薬局、昨日通った町かもしれないが全然違うところのような気もした。よどんだ町並みに見覚えのあるものを捜しているると、かまわねえ、男が小さくつぶやいた。何？　聞きかえすと男は顔をしかめ、

「乗ってて、かまわねえと言ったんだ」

どなるように言った。背後で榎本はキャッチボールを見るように私たちを交互に眺めていたが、我慢しきれなかったらしく、あの、と声をかけてきた。

「マルワのかたじゃないんですか？」私に訊く。

「何そのマルワって」

「ええとあのう、村田さんの勤めてる」

「ああ、違う」

「じゃああのう」榎本はなおも何か訊こうとしたが、私がなぜ今ここにいるか説明するのは面倒だったので榎本の言葉を遮った。

「ねえそれなんなの？　そのマルワって、文房具を運んだりする会社なの？」

榎本はちらりと男を見る。男はかたい意志で前方の景色以外何も見えない、何も聞こえないふりをする。コップがあればコップを目の高さにあげているだろうし、雑誌を持っていれば雑誌で顔を隠すだろう。そんな男の拒絶を榎本も感じたのか、私の座

席に顔を近づけ小声でしゃべる。

「マルワってのはあの問屋さんです、うちの製品を置かせてもらってます、ぼくはあの今年入社した新入社員で、五月半ばからチーム組まされてずっと研修してるんです、あの全国津々浦々訪ねて、各地の問屋さんにお邪魔して、その地域のお得意さんまわりをするんです。昨日の晩着きまして、それで今朝マルワさんに行って、村田さんの車を使わせてもらうことにしたんですが」

「じゃああなたセールスマンなの？」

思わず声をあげて男を見た。赤信号で車をとめて、男はじっと前をにらんでいる。

男のかわりに榎本が、眉をつり下げて笑みを作った。

遠くに発電所の鉄塔が見えた。あやとりの糸のように細く電線がはりめぐらされていた。商店がとぎれ道路の両側を大木の列が縁取りはじめる。大木の陰に隠れるようにして建つ店の前で男は車をとめた。エンジンを切る。執拗にこぶしをきかせる女の歌声も遠のく。男は体半分だけ後部座席をふりかえって顎をしゃくり、あそこだ、と低く言った。埃で曇った窓ガラスの向こうに、天井から下がったプラスチックのおもちゃや駄菓子、古めかしいショーケースにおさまった鉛筆やノートがうっすらと見えた。人の気配がまったくしない。榎本は驚いた顔をして男をのぞきこむ。

「え、村田さん、一緒に行ってくれるんですよね」

男は唇を数回動かして、どうしてだ、ほとんど口の中で言った。

「どうしてって、だって、おれ今日はじめてだし」

榎本は早口で言った。さっきまでのかたい口調とはうってかわって、クラスメイトと軽口を交わす男の子みたいな口調で、そのアンバランスさがおかしかった。はっ、と息だけ漏らして男は前を向いてしまう。パック詰めされた冷凍魚のように黙りこくっている。榎本はちらりと上目遣いに私を見、何か書類をまとめ、積まれた段ボール箱が崩れないよう注意して車をおりていった。榎本のうしろ姿が埃ガラスの向こうに消えてから私は窓を開け放った。どんな大声を出しているのか、推進部隊の榎本だと、さっきと同じように名乗る声が店の中から聞こえてきた。榎本はなかなか店の中から出てこなかった。男は窓ガラスに額をつけてじっとしている。口に出したいことはたくさんあったが、——いつからセールスマンをやっているのか、そんなふうに黙っていても仕事になるものなのか、今朝会社に行ったというが助手席で寝ている女を社内の人は黙認したのか、——しかし多分私が満足するほどの答えが返ってくるとは思えず、何も言わないまま曇ったガラス戸の向こうに榎本の姿を捜した。

数分後榎本はガラス戸を引いて飛びだしてきたが、車には乗らずうしろのトランクを開けて何か捜している。ええと、B530のAKありますよね村田さん、勢いよく声をかけるが、村田は例の、むとあの中間音を短く発しただけだった。榎本はかすかに舌うちをして小さな段ボール箱を手に、もう一度店に駆けこんでいく。

榎本の口調が次第に崩れてきたのは、二軒目の店を出たあたりだった。男がすべての会話を拒否していることに納得したのか、ほとんど男を無視して私にばかり話しかけてくる。N駅前のビジネスホテル泊まってるんですよ、昨日の昼過ぎに東京出て、総勢十二人ですよ、それぞれ部隊組んで、ホテルはシングルじゃなくて二人部屋にもう一つベッド入れて三人部屋、こんなこと五月の二週目からずっとやってんですよ、昨日もなんだか部屋のやつらが喧嘩はじめちゃって、それも本当にくだらない、松尾のエロ本で木下が抜いたとか抜かないとか、それマジで喧嘩はじめるんで、おれたまらなくって飲み行ったんすけど、あのへんて知ってます、十時過ぎるとほとんど店開いてないんすよね。私は笑ったり相槌《あいづち》をうったりして聞いた。昨日まで長いこと猿山に縛りつけられていて、ひさしぶりに人の声を聞くような気分だった。どうも榎本は口を閉ざしてじっとしていることができないらしく、ひっきりなしに自分のことをしゃべった。それが理解できようができまいが、おもしろかろうがつまらなかろうが、とにかく榎本の下駄で坂をかけおりるような話し声を聞いていたかった。

突然車をとめて男がおりていき、草むらに向けて立ち小便をはじめると、榎本は段ボール箱の隙間から身を乗りだして私の耳に口を近づけ、

「まいっちまいますよ、こんなのはじめて。いろんなところ行ったけど、あんな人見たことないっすよ。おねえさんあの人の恋人？」

違う、と私は首をふった。

「じゃあなんなの、あの人の」

「べつになんでもないんだけど」私は言って少し考えた。「全然関係ない人なんだけど、私今までの仕事くびになっちゃって、暇つぶしに車に乗せてもらってるんだ、車、好きだから」思いついたでたらめを言った。それはさほど不自然には聞こえなかったようで、榎本はあわただしくうなずいて見せる。

「かわってるよなあ、一言も口きいてくれないし。ああいう人どこでも一人はいるんだろうけど、こうやって組ませられるとなんだかなあって感じ」

男がチャックを上げながら戻ってくると、榎本は、いやマジでマジで、とつけ加え急いで顔を離した。

一時過ぎに通りがかりの定食屋で昼食をとった。国道沿いにある、閉店しているのか営業しているのかわからない小さな店だったが、中では四、五人の男たちがそれぞれTV画面に顔を向けて食事をしていた。男はここでも注文以外口を開かず、机の下に重ねてある写真雑誌を取り上げてていねいに眺めていた。榎本は気をつかうこともなく始終私に話しかけた。榎本が二浪して大学に入りさらに一年留年していることや、彼が幼いころ母親が死んで父親と兄と男ばかりで暮らしていたことなんかを知った。榎本は普段から黙っていることができないのだろうと思っていたが、視界の隅で雑誌に目を落とし機械的に箸を動かす男と、こちらに身を乗りだししゃべりまくる榎本を見比べてみると、榎本にしゃべり続けさせているのは男の沈黙なのかもしれないと、そんな気がしてきた。

午後の仕事も似たようなものだった。男の運転する車は国道をそれ、細いうねうね道をのぼりきって下り、山がやけに近く見える川沿いに建つ小学校の前の駄菓子屋に寄り、パズルのように並ぶ民家のあいだを縫って大通りへ出る。大通りの先には海が開け、海岸沿いにはマンションが建ち並ぶが人の気配がまるでしない。マンションの陰に隠れて建つコンビニエンスストアに寄り、無人の海岸に沿って走る。

車をとめるたび男は同じしぐさで顎をしゃくって見せ、榎本はあきらめたような顔で書類をまとめて店に駆けこんでいった。エンジンをとめた車の中で二人きりになるとかならずあまり居心地のよくない沈黙が訪れた。男は毎回ガラス窓に額をつけてこちらに後頭部を向け、私は窓を全開にして表の空気を吸った。榎本は車から段ボールを持ちだしていくことも、ビニール袋に詰められた漬物を手に戻ってくることもあった。これあの、あそこのおばあちゃんが村田さんと分けろって、榎本が言いながら漬物を差しだすと、男はようやく口元を歪ませて笑い、榎本の手から奪うようにビニール袋を取り上げて作業着のポケットにねじこんだ。

人のだれもいない灰色の海岸を市街地方向に折れ、市街地の大きな文具店は通り過ぎて町を抜けた。フロントガラスには白く煙《けぶ》った山がいつまでも近づかず映っていた。郵便局を曲がると商店はぱたりとなくなり、背の高い雑草で覆われた空き地ばかりになる。草むらの陰に、釣り堀と書かれた錆びた看板が見えたが、それらしきものはどこにも見あたらなかった。朽ちたトタンの小屋を過ぎ、通り過ぎざまのぞきこむと囲いの下から無数の牛の足が見えた。奥へ奥へと男は車を走らせる。何かを隠すようにそこだけ生い茂った竹林の前でふいに男はブレーキをかけた。私は窓の外に今まで見てきたような、半分店じまいしている感じの文房具屋を捜したが、竹林の奥に文房具屋があらわれるようには思えなかった。

「ちょっと待ってろ」

男は言い捨てて一人車をおりた。後部座席で榎本がため息をつくのが聞こえた。また立ち小便かと思ったが、竹林の中を男はずんずん進んでいく。それぞれ思い思いの方向に伸びる竹の合間に男のうしろ姿は消えた。榎本は車をおりて大きく伸びをし、煙草を吸いはじめる。私の開けた窓に顔を突きだし、

「今日まわった店、全部半分死にかけみたいなジジババがやってんだよ、新しいもの置こうとしてもいらねえいらねえって、聞いてくんないの、自分の孫の自慢なんかはだらだら話しやがって。おれ、こんなとこにまわされてきたらどうしよう、いやマジでマジでさ」気をつかう必要が何もないことを理解したのか、榎本の口ぶりはさらにくだけた。あいまいに笑って私は車をおりた。

「ちょっと待っててよ」

私もそう言い残して、男が歩いていったほうへ歩きはじめる。男がどこへ何をしにいったのか気になった。小便だよ、のぞきなんてやめなよ、悪趣味だよおねえさん、うしろで榎本がわめいていた。

竹林に足を踏み入れ、葉を手で払いながら薄暗い中進んでいくと、少し先に人の家らしきものが見えてくる。足を速めた。竹林はとぎれ突然壊れかけた垣根があらわれる。多分以前は家を囲っていたのであろう木々は枯れ果て、あちこち崩れ落ち、その向こうに古びた民家が建っていた。垣根をくぐってすぐ目に入ったのは朽ちた縁側、破れ変色した障子、破れ目の向こうにところどころ浮かび上がるのは原色の着物だった。破れ目の一つに顔を近づけ、中をのぞく。土埃にまみれあちこち陥没している畳と、色艶のない小さな鏡台、鴨居にびっしりとかけられたおびただしい数の着物が見える。土の中から何ものかの腕が這いだし私の踵《かかと》を思いきりつかんだような気がして、村田さん、と思わず男の名を呼んだ。返答はない。朽ち果てた家の中は私の声を吸いこんでさらに静まりかえる。障子を開こうと手をかけると、そっと触れたつもりだったのにそれはいきなり倒れた。靴のまま上がり、歩くたびべこべことへこむ畳に不快感を覚えながら奥に進む。なまものが腐っていくのに似た悪臭がかすかに漂っていた。廊下に続く襖は開いている。首を伸ばす。廊下は黒ずみところどころ抜け落ちていて、そこから黄ばんだ雑草が這いだしていた。穴ぼこに足をとられないよう進み、一つ一つの部屋をのぞいて歩いた。隣の部屋はさらに傷んでいて、それでも妙な具合に明るいので見上げると天井に穴が開いていた。破れ目からは異様に白っぽく現実味のない空が見えた。

どの部屋にも家具があるのが不思議だった。傷み腐敗しはじめて、触れたらあの障子のようにどれも崩れ落ちそうなのに、和だんすやちゃぶ台や食器戸棚はみな、それぞれの生活をまだ守りとおすようにそこにあるのだった。男は一番奥の部屋にいた。こちらに背を向けしゃがみこみ、何かしている。近寄ると男は大袈裟《おおげさ》に飛び上がって私を見た。男の手にしているのは行燈《あんどん》だった。黄ばんだ和紙のはりめぐらされたそれをひっくり返したり横にしてみたりして眺めている。何を調べようとしているのか男が手に力をこめた瞬間、足が折れ和紙が破けた。男は舌うちをしてそれを放りだし、べつの部屋に行く。あとを追った。着物が一面にかかった部屋の鏡台の前で足をとめ、やっぱり首をかしげ引きだしを開けたりうしろをのぞいたりしていたが、それを小脇に抱えて立ち上がった。そうして何ごともなかったかのように玄関から出て、もと来た道を戻りはじめる。

鏡台を手に戻ってきた男を榎本は不審な目で眺めまわした。トランクを開け段ボールの位置をずらし、男がなんとか鏡台を押しこもうとしているあいだ、榎本は私に目配せをし、説明を求めるように小さく口を動かしたが私は無視した。車は走りだす。榎本がうしろでわざとらしくため息をついたが、だれも何も言わなかった。

男が最後に寄った文具店はたちばなの意外と近くだった。花屋と味噌屋のあいだに押しつぶされそうにして建っている。店先に漫画雑誌を並べた小さな文具屋で、たちばなからおそらく一キロも離れていないのだが、こんなところに店があること自体知らなかった。同じように榎本が店の中に入っていくと、男は数回首を横にふって小刻みに舌うちをくりかえした。何？　と訊くが男は額を窓ガラスにつけ動かないので、首ふりの意味も、舌うちの意味もわからなかった。

デジタル時計は五時五分前を示している。開店準備をする矢部かおりの姿が、そこにあるように浮かんだ。私が来ないことをいぶかしんでいるだろうか。いや、頭に浮かぶ矢部かおりは私のことなど思いだしていない。ただ自分で仕込みをしなければならないことに舌うちをして、いつもとまったく同じように暖簾《のれん》を出し電灯看板のスイッチを入れ、客が来るまでのつかの間煙草をふかしている。ふたたび電柱に貼りつける、アルバイトの募集広告の文面などを考えながら。

窓ガラスに額を押しつけていた男は突然車をおりた。うしろ姿は煙草の自動販売機へまっすぐ向かう。窓ガラスの真ん中あたり、男の皮脂がこびりついてそこだけ白く濁っていた。男より先に榎本が戻ってきて、

「だめ、ぜんぜんだめっすよ」言いながら車に乗りこむ。男がいないことに気づくと前の座席に顔を寄せ、「今晩、一緒に飲みましょうよ、村田さんまいて」笑いをふくんだ声で言う。しゃがみこんで釣銭口に手を突っ込む男のうしろ姿にぼんやり焦点を合わせながら、そうだねと答えた。

「じゃあ、駅前ロータリーに八時。携帯の番号教えときますんで、何かあったら連絡ください。それから、おれが誘ったこと村田さんには絶対言わないでくださいよ、こういうのってやばいんだから」榎本は男のほうをちらちらとうかがいながら、番号の書かれた紙切れを手渡した。

どうやらその日の仕事はそこまでだった。たちばなから車で二十分ほど走ったところに男の勤めるらしい問屋があった。男は建物からずいぶん離れた田んぼのど真ん中

に車をとめ、車に詰まった段ボール箱の大半を抱えこみ、榎本とともにおりていった。大荷物を抱えのけぞった二つのうしろ姿は畦道《あぜみち》を歩き、灰色の空を凝縮したような暗い色の建物に向かっていく。

三十分ほどで二人は戻ってきた。車に乗りこむ男に向かって榎本は、ありがとうございましたと大声で最敬礼し、隣にいる私に目で合図を送った。車は走りだす。

「私ねえ、駅に用事があるから、駅前でおろしてくれるかなあ」

この車をおりて榎本と酒を飲み、それからどうするんだろうと窓の外、流れる景色を眺めて考えた。あとのことはどうでもよかった。話しかけたら返事が戻ってきて、その返事に対してまた何か言ったり笑ったりして、相手の目の中にだいたいどんなことを考えているかを見つけたり、ほんの少しのあいだでいいからそうしたい気分だった。昨日も明日も関係のない、榎本のような相手と。スーパーのわきに巨大な駐車場があり、男はそこに自分の車を入れた。

「それじゃあまた」

私は車をおりた。この男ともう二度と会うことはないだろうか。いや、ひょっとしたらこの男は駐車場に車をとめたまま、用事をすませて私が戻ってくるのを待っているかもしれない。

あたりはすっかり闇につつまれていた。少し先、駅の周辺がやわらかく光を放っている。その光に向かってぼんやりと足を進める。買い物に出てきた仲野に会うかもしれない、男の子と腕を組んだたちばなのえっちゃんに会うかもしれない、頭の隅でそんなことを考えるが、会っても彼らには私がわからないのではないかとも思えた。

ロータリーの明りの前で立ちどまり、何気なくふりかえってみた。そうしてぎょっとして立ちつくした。男は私のすぐうしろを歩いていた。車に乗ったまま私を見送っていたはずの男は、当然のように一緒に歩いていたのだ。数メートルうしろで男も動きをとめ、私を、というより、道端をどこかおどおどした視線で眺めている。

結局、飲み屋へは三人で入った。駅前のビルの地下にある、フランチャイズの居酒屋だった。飲み屋にしては不自然なほど明るい店内を、原色の着物を着た店員たちが飛びまわっている。案内された席に腰かけ見渡すと、席を埋める客たちは若いサラリーマンばかりだった。女の子も混じっている。たちばなには来そうもない客層だった。男がついてきたことがよほど気にくわないようすで、榎本は急ピッチで飲みはじめる。向かいの席に座った男は大事そうにジョッキを抱え、首だけ伸ばして店内を見まわしている。

「おれ新入社員っつったってみんなより三つも年上なわけでしょ？　話合わないんすよ、エロ本喧嘩とか小便飛ばしとか、楽しいって思えないんですよ、いやマジで。それで五月からずっと男ばっかでホテル暮らしでしょ、話せるやつもいないし、おれだれかと飲みたかったの、きちんと話の通じる人とさ。でもあれだよなあ、おれ女の人と話すの本当一ヵ月ぶり、一緒に飲んだのなんて三ヵ月ぶりくらいかもしれない、マジで緊張しちゃうな、勃《た》っちゃうかも。いや本当、マジでよ」

ジョッキを三杯あけたところで、榎本は突然なめらかに話しだした。もはや正面にいる男のことなど見ようともしない。私のほうを向いて座り、切れ目なく話し続ける。とおりかかった店員に焼酎を二杯頼み、運ばれてきた一つのグラスを男の前に置いた。男はまるでいやいや合席させられた見ず知らずの客のように、半身をひねって壁と向き合うようにしていたが、目の前に置かれたグラスを急いでつかみ口元に運んだ。耳元で話し続ける榎本に相槌をうちながら、店内を見まわす。あちこちのテーブルで人々は額を寄せあい話したり、背をのけぞらせて笑ったりしている。その合間を店員たちの原色の着物がふわりふわりと動きまわり、ふと、ついさっき目にした空き家の光景を思いだす。

「ねえおねえさんだれかに追われてるんでしょ」

榎本が急にそんなことを言いだしたので驚いて彼の顔を見た。ねずみに似た目が赤く濁っていた。

「犯罪とかできそうな顔してないから、あれだ、男関係。ねえそうなんでしょ、車が好きだのくびになったの全部うそで、逃げてるんでしょ、本当は。おれ協力するよ。助けてやるよ、いやマジでさ」

赤い目玉は私をのぞきこんで言った。口元は笑っていたが赤い目玉は妙に真剣で、私は本当に、自分がだれかに追われていて助けを求めている気分になった。

「ああ、ばれちゃったか」

榎本をからかうつもりで言うと彼は顔を近づけてきて、やっぱりね、おれ鋭いってよく言われるの、最初見たときすぐわかったよ、男でトラブってんの、大丈夫だよ、助けてやるからさ、マジでね、酒くさい息を吐いた。そうして榎本は自分の手元に視線を移し、長いため息を一つつく。

「おれ本当に何も考えてなかったの、なんにも考えずにさ、みんなと一緒に就職活動はじめたりしてさ、受かったからここへきたわけ、でもビジネスホテルの一室で、眠れないときふと思うの、おれ何してるんだろうって、こんなこと本当にやりたかったんだっけって。田舎のさ、小せえ店のもろだめ親父が、どう見たってこいつだめだってやつが、問屋相手に威張り散らしてさ、なんかそういうミクロな世界見て、こんなかで生きてくためにおれ今までやってきたのかなとかさ、思うじゃん。もっとほかにやりたいこととか、あったはずなのにって」

榎本は握りしめたコップと私を交互に見て滔々と話し続ける。さっきまで、意味の通じる言葉のやり取りをあんなにしたかったはずなのに、なんだかどうでもよくなっていた。榎本の話に相槌をうつのも面倒になってくる。店員がそばを通りかかるたび私は焼酎を頼み、何杯目かもわからず飲み続けた。榎本の声が近くなり遠くなり、やがてそれは意味をなさない虫の鳴き声のようになった。

だれが言いだしたのか、男のはずはないのだから榎本か、それとも、榎本の話に飽きた私だったかもしれないが、とにかく、カラオケに行こうということになり、私たちは車の中にいた。運転席には榎本が座っていて、大声で聞いたことのある歌をうたっていた。後部座席から男のいびきが聞こえてくる。私は腰をずらし頭上に流れ去る青い標識を追いかけ、目に入る文字を口の中で転がした。中条、四日町、136、至上沢、見知った単語もいくつかあったが、それがどこか思いだすより先に、白い文字は夢の中の小道具みたいにふわりと消えていった。榎本がうたっているのはコマーシャルソングだった。さびの部分しか知らないらしく、そこだけうたっては突然やめ、次の歌を思いつくまで口を開いて何かしら愚痴った。うしろの男のいびきについて、道路事情について、住宅事情について、自分より年下の、あるいは年上の人に対して、デパートについて流行歌について、よくこれほどまですべてのものに不満を感じることができるものだと感心してしまうほど愚痴りまくった。榎本の口にするすべての不満は煙草の煙と一緒に車内を満たし、私は窓を開け放った。道を横切る猫にまで榎本が悪態をつくのがおかしくて大声で笑った。榎本はそんな私を見て笑った。さっきまで雨がふっていたのだろうか、湿り気を帯びた風が気持ちよかった。

窓の外にカラオケボックスらしい看板は見あたらず、車が揺れるたび、背後で昼間男の積んだ鏡台ががちゃがちゃと鳴った。遠くにカラオケという四文字が浮かびあがったとき榎本は大声であったあったとくりかえし、看板の指し示すとおりハンドルをきる。けれど国道から少し入った場所にあったのはカラオケボックスではなくラブホテルだった。建物はずいぶん年季が入っているが、カラオケ設備が売りらしく、その旨描かれた看板が不自然なほどあざやかな蛍光色を放っていた。私と榎本はラブホテルの建物を前に顔を見合わせた。いいじゃん、うたうだけ、榎本は言い、私が何か言うより先にアクセルを踏みこみ、頼りなく揺れる埃まみれのビニール暖簾をくぐった。

バンガロー形式と言えなくもない、粗末な小屋が建ち並びそのわきにシャッターのついた駐車スペースがある。シャッターの降りているところは先客があり、シャッターが開いていれば空き室ということらしい。榎本は注意深く車を進め一番隅の小屋のわきに車をとめた。自動的にシャッターが降りはじめる。窓を閉めながら榎本はうしろの男をちらりと見、

「よく寝てるからこのまま寝かしておいてあげようぜ」

と言った。寒くないだろうかと私が言うと、中から毛布を持ってきてかければいいと榎本は苛立たしげに言う。そんなやりとりをしているうち男はぱっと目を開いた。そうしてまるで自分の家についたかのように車をおり、きょろりとあたりを見まわして目の前にあるドアを開けて中に入った。鳩が目の前に投げられたパン屑をついばむ

ように、ごく自然に見知らぬドアを開けた。そのあまりの自然さに私は驚き、足をとめて男のうしろ姿を眺めたが、榎本はただ舌うちをして肩をすくめただけだった。

部屋に上がると男は床に突っぷして眠っていた。自転車に思いきり空気を入れるような寝息が床から這いあがってくる。榎本はあちこち落ち着きなく動きまわって、説明書きのパンフレットを見たりエアコンのスイッチをいじったり、色褪せた壁紙を手でなぞったりしていた。冷蔵庫からビールを取りだして飲み、私も部屋の中を眺めた。中央に不自然なほど大きなベッドがあった。榎本はやってきた従業員に支払いをし、おもむろにカラオケをセットする。29インチの画面に画像が映し出され、榎本はそれと向かい合って足でリズムをとっている。男は床で寝ている。榎本はマイクを口に近づけうたいはじめる。

榎本は一曲うたい終えて私をふりむき、なんか曲、入れた？　と訊く。首をふるとカラオケ集を投げてよこし、急いで次の曲を入れはじめる。見る気もなしに渡されたカラオケ集をめくっていると、床に寝そべる男の肩がぴくりと動くのが視界の隅に映った。男はむっくりと起きあがり正座をして、うたう榎本を見る。画面と榎本をしばらく交互に眺める。榎本がうたい終わり私をふりむいたとき急に立ち上がり、榎本に向かって、なんとかという歌をうたいたいと口の中で言った。榎本は曲名を数回聞きかえし、舌うちを続けざまにしながらそれでも男の言う曲をインプットする。イントロが流れだすと男はしゃきっと立ち上がって、画面と向かい合いうたいはじめた。榎本は私の隣にぴったりと寄り添って座り、私の腿《もも》に手を置いて、必要以上に口を近づけてしゃべる。ねえこの親父置いて、どこか行っちゃおうよ、なんなら隣の部屋でもいいんだけど、こいつうたわせといて、場所移そうよ。酒臭い息が顔に吹きかかる。いいじゃん、ここで、私は言って、ビールを飲みながら男の歌を聴く。どもりもしないし口の中で消えもしない、堂々とした男の声を聞く。おれもう会社やめる、入ってまだ三ヵ月もたたないけどやめる、借りてる車かっぱらってどっか好きなとこ行くよ、今日のことだって、問屋の人と一緒にいた女誘って問屋も連れまわしてラブホ連れてきたなんて上の人にばれたら大変なことになる、おれってどうせこうなんだよ、ちゃんとできないんだよ、向いてないんだよ頭下げたり敬語使ったりすんの。ねえあんたと一緒に逃げてあげるよ、おれやくざもシャブ中もこわくないからさ、気の向くままどっか行っちゃおうよ、呂律《ろれつ》のまわらない声でしきりに言いながら、榎本は私の肩に腕をまわし、右手で腿をなでまわす。音楽がとだえ、顔を上げると男が目の前に立っていた。榎本にカラオケ集とリモコンを差しだし、何々がうたいたいともりながら言う。榎本はうなりながら立ち上がり、どうやってリモコンにうたいたい曲をインプットするのか、大袈裟な身振りで男に教えた。男は小さな瞳をぱちくりさせながら榎本の手元をじっとのぞきこみ、まるで一言でも聞きのがしたら世界が今にも破滅してしまうように、真剣な表情でしきりにうなずいている。榎本は説明を終えると疲れきった表情を浮かべて床に横たわった。明日、何時にどこなの？　上からのぞきこんで訊いた。

「もういいんだよ、おれもうやなんだ、明日あいつらと一緒には帰らない、車乗り捨ててどっか行くんだ、一緒に行こうね、そんで明日ヤらせてね」

うわごとのようにそこまで言って目を閉じた。そうしてすぐに酒臭い寝息をたてはじめた。立ち上がって足元に転がる榎本の寝顔をのぞきこむ。彼は明日一緒にどこへ行こうと言っているのだろう。彼のわきにしゃがみ、はだけたシャツの胸元をゆすった。

「ねえ、どうして私が逃げてると思ったの」榎本はだらしなく口を開いてうめき声を漏らす。「だれかに追われてるって、どうしてそんなこと思ったの、私のどこを見てそんなことを言ったの、ねえちょっと、起きなさいよ」

シャツの襟首をつかみ榎本の首を幾度か揺すってみたが彼は壊れたような笑い声をたてるだけだった。私をのぞきこみ協力してやると言ったその理由が無性に知りたくなり、榎本の頬をつねったり鼻をつまんでみたりして同じせりふをくりかえした。榎本は薄く目を開いて私を見、あんた、名前なんていうんだっけ、呂律のまわらない声でつぶやいた。

飲み終えた空き缶をつぶしてソファに腰かけ一人うたう男を眺める。目を閉じると、男の歌声がまぶたの裏でぐるぐるまわった。曲が吸いこまれるように消えていくとしばらくのあいだ部屋は静まりかえる。榎本の寝息がすぐ近くに聞こえる。薄目を開けて画面を見ると、男が背中を丸めてリモコンをいじっていた。しばらくするとまた曲が流れはじめ、私は男の歌声を聴く。どもらない、とぎれない男の明瞭な声は閉じたまぶたに渦を描く。その透明の渦巻きは私の体をふわりと持ち上げて、どこかに連れていくように続いた。

逃げるんでしょ、助けてやるよ、榎本のささやき声が耳元で響く。だれに追われているんだっけ。どこへ逃げるつもりなんだっけ。酔いのまわった頭の中、歌声とどもに答えの出ない問いが渦をまきはじめる。

居間から音楽が聞こえてくる。居間を通り過ぎるとき、数センチ開いた扉をのぞくと父親の背中が見える。床には様々な形をしたドライバーや、電気製品の部品が散らばっている。父親は正座をしてステレオセットと向かい合い、夢中で何かを分解している。ラジオやTVや、電話機や掛け時計なんかを。レコードが回転をとめると父親は立ち上がり、新しい一枚をかけてふたたび機械の内部に視線を落とす。

引っ越しの多い家に育った。一つの家に移って三年か四年たつと父親が引っ越しを宣言し、私たちはおとなしくそれに従った。小学生のころ、すべての家庭はそうしているのだと思っていた。世の中にある家という家、マンションというマンションはすべて国が所有していて、だれかに命じられるまま、人々は何年か単位でそれらをぐるぐると移動し続けているのだと思っていた。私たちの出ていった家にべつの家族が住み、べつの家族が住んでいた家に私たちが住みはじめるように。

引っ越しが多いから必然的に家具は少なかった。必要最低限のものに囲まれて暮らし、次に引っ越すときはその中から厳選した最低限のものを持っていく。父は何よりもステレオセットとドライバーセットを、母は冷蔵庫とミシンを、姉は角のすりきれた道具箱を、私はTVを、何よりも優先して新しい家に持ちこもうとした。

畑の真ん中に密集した平屋住宅の一軒に住んだこともあり、海の見下ろせる団地に住んだこともあり、冬には雪に囲まれる古い民家に住んだこともあり、大きなデパートに徒歩で行ける場所に住んだこともあった。部屋数が一つ少なくなっても食堂がびっくりするほど広くなっても、また窓の外の景色がどんなふうにかわっても、どこも私にとって同じだった。見慣れた数少ない家具が配置され、昨日までべつの場所にいた家族が、ずっとそこで暮らしていたように食事をした。

曲と曲の合間に沈黙をはさんだ男の歌声はいつか、居間の扉から漏れてくる音楽となり、短い期間でも住んだことのあるすべての家の、窓や壁紙や照明具は違ってもかならず父の背中を組みこんでいた幾つもの居間を、一つ一つのぞいて歩くようにしながら眠りに落ちた。

牛蛙があんまり騒々しいので目を覚まし、また雨戸を閉めずに眠ったのかと仲野に文句を言おうとして、自分がソファで眠っていたことに気づいた。部屋を見まわす。はめ殺しの窓は黒く塗りつぶされていたが、四角い輪郭は白く光って暗闇に浮き上がっていた。ベッドで大の字を描いて男が眠っている。榎本はいない。入り口にも榎本の靴はない。

男のかくいびきは本当に、裏の田んぼから聞こえてくる牛蛙の鳴き声に似ている。たった一匹ではない、無数の牛蛙がいっせいに暗闇に向けて放つ鳴き声に。男のわきに立って見下ろしていると、規則的な爆音じみたいびきはとだえ、引きつるように息を吸いこむ。呼吸困難でそのまま死んでしまうのではないかと思うほど激しく息を吸いこんだあと、何ごともなかったかのようにまたすさまじい音量でいびきをかきはじめている。ベッドサイドのデジタル時計は六時八分を示していた。

TVをつけて音量を下げ、つぶれた空き缶の下敷きになっているパンフレットを取りだして眺めた。チェックイン・アウトの時間が記されてあり、様々な色と形のバイブレーターの宣伝があり、カラオケマシンの説明書きがあり、貸しだしているビデオの紹介があった。一番最後のページにつぶれかけたような字で、朝食サービスあります、と書いてある。和、洋、どちらでも、五百円にて承ります。私はフロントに電話をかけ、和定食を二つ頼んだ。

ノックされたドアを開けるとひどく小さな老婆が立っていた。背中がこんもりと丸く、そのせいで石みたいに見える。老婆は私に一つの盆を押しつけ、すばやくその場を去ったかと思うとすぐまたもう一つの盆を持ってきた。受け取って礼を言う。老婆は地面に頭を押しつけるようにしてお辞儀をし、不自然なほどていねいにドアを閉めた。そういう決まりになっているのか、じっと自分の足元を見ていた。

テーブルに乗った空き缶をすべてよけ、音の聞こえないTVを眺めて食事をした。干からびたミイラみたいな焼き魚と、海苔と生卵の朝食だった。泥水の中から這い上がってくるようなうめき声とともに男は起き上がった。食事を続けながら視界の隅で男を眺める。ベッドからおり、ぽかんとした顔で部屋じゅうを見まわし、床においてある朝食の盆を目にとめてしゃがみこむ。

「朝食五百円って書いてあったから頼んだんだけど、和と洋と、和でよかったよね」

話しかけたが男は低く声を出しただけでこちらを見もせず、床に座って食事をはじめる。生卵をご飯にかけほぐした魚も海苔もそこにぶちこみ、ぐちゃぐちゃにかき混ぜてすすりあげる。TV画面には天気図が映っていた。雲と傘の絵があちこちにちりばめられてくるくるまわっていた。食事を終え、汚れた皿を目の前にして、私と男はしばらく無言で画面を見つめていた。七時半になると男は立ち上がり、私はあわててフロントに電話をして帰ると告げた。男は先に部屋を出ていき、しばらくするとさっきの老婆が食事代を受け取りにきた。やっぱりうつむいて自分の足の爪先を見、脱力するようなお辞儀をして去っていった。エンジンのかかった男の車は駐車場で私を待っている。助手席に乗りこむと、男はなにも訊かずにアクセルを踏んだ。

空は妙に白っぽく、細く針みたいな雨が降っていた。国道を縁どる杉木立が何かを思いだそうとするように、しょんぼりと小雨を浴びてかすんでいる。木々の合間に立つ１６７号線の看板を見たとき、小雨に濡れながらこの道をたどって朝早く駅を目指す榎本の姿が頭の隅に浮かんだ。

「昨日の男の子、榎本くんて子、いなかったけど、どうしたんだろう」多分返事はないだろうと思いながら声を出した。「昨日はあの子、もう仕事がいやだから、明日みんなのところには帰らずに、どこかに逃げちゃうんだって言ってたけど、朝早く逃げたのかな、会社の車で」

う、男が小さくうめいた気がして男を見る。男は呪文でも唱えるみたいに口を動かしていたが、言葉は出てこない。しばらくしてから、帰ったんだろう、吐き捨てるように言った。男がなおもしゃべりそうだったので、ハンドルに乗せた浅黒い指を見て続きを待った。

「ホテルに集合して、東京に帰る、それでまた、つ、次の場所へ行って同じことを」一つの言葉を押しだす前にかならず口を動かし、何かに腹をたてているような口調でそこまで言って、舌うちをして黙りこんだ。続きはもうなかった。細かく降りかかる雨粒を拭《ぬぐ》う、ワイパーの音が車内に響く。

男は私に何も訊かない。だから私も何も考えない。私は車をおりるきっかけを失っていた。もし最初の晩、展望温泉の宿に泊まったとき、男が襖を開けて私の布団にもぐりこんできたら、ああそうかとどこかで納得して車をおりることができたのかもしれない。

一日はだいたい昨日と同じだった。田んぼの畦道に車をとめ、男は何かぶつぶつつぶやきながら一人で車をおりグレイの建物に向かい、段ボールをいくつか抱えて戻ってきた。車はそのまま走りだし、一時間近く山道をのぼり下りして文房具屋をまわる。男が訪ねていくのはどれも、国道から細長く伸びる路地の奥にある、生気を抜かれぐったりと地面にしおれるように建つ小さな店ばかりだった。店の前に車をとめ、口の中でしきりに何か言いつつ書類を持って店に入っていく。

神社へと続く参道に小さな店が建ち並び、その中の一軒に男が入っていったのは二時五分過ぎで、それからもう三十分近くたつのに戻ってこない。参道を縁どるのは色とりどりの暖簾、ポスター、置物で店頭を飾ったみやげ物屋ばかりで、その中に一軒、ほかより色彩の褪せた雑貨屋がある。ワイパーの動かないフロントガラスは細かい水滴をびっしりはりつけて整列した店々の色をにじませている。通りの先には神社へと続く石段があり、そのたもとに六体の地蔵が並んでこちらを向いている。どれも揃いの赤い帽子と前掛けをつけている。雨粒でかすむ地蔵の顔は、車の中の私に向かって何かしきりに話しかけているように見える。

シートを倒しジーンズのポケットに手をつっこむ。左のポケットには六万と少しの金額と買い物メモ、右のポケットにはふくらんだ財布が入っている。男が帰ってきそうにないので、その一つ一つを眺めていく。

財布には細かく折り畳んだレシート、スタンプカード、一円玉や五円玉がつまっている。買い物メモにはたしかに私の字で、牛薄切り肉、デミグラスソース、たまねぎ、クレソン、いんげん、トイレットペーパー、とある。料理本を開いて材料を書き写し、作りかたを斜め読みしたときのことをはっきりと思いだす。仲野はＴＶの前に寝転んで、コマーシャルソングを口ずさんでいた。もう一度顔をあげて男が消えていった雑貨店を見る。磨りガラスの入り口はぴったりと閉ざされ、中はどんよりと薄暗い。ガラス戸には幾枚か貼り紙がしてあり、手書きの墨字で何か書かれているが色褪せてしまっていて読むことができない。六体の地蔵は私に笑いかけている。

スタンプカードを開いていく。一つは駅の向こうの一番大きなスーパーで、買い物袋を持参するとスタンプを一つ押してくれる。近所のスーパーは千円買うごとにシールを一枚。酒と米を扱う俵屋は、五百円買うごとに俵型のシールがもらえる。ビデオ屋の回数券。それから薬屋のカード、象の絵柄のスタンプを押してくれる。コーヒー豆を買うとくれる豆粒大のシール。几帳面《きちょうめん》に一つずつ押されたスタンプや貼られたシールを指でなぞる。買い物に行き、もらってきたそれらを私は夢中で台紙に貼りつけた。枠からはみださないよう、斜めにならないよう、ゆっくりていねいに貼った。そうしていると不思議と気分が落ち着き、何か満たされた気分になるのだった。どれも、シールやスタンプが台紙をすべて埋め尽くすと、いくらかの割引があったり景品がもらえたりする。割引額はたいしたことのないものだし、もらえる景品は不必要な、どちらかというと悪趣味な生活雑貨だったが、私はスタンプやシールが台紙を埋め尽くすのを真剣に待ち望んでいた。けれどどれも埋め尽くされることはなく、中途半端に枠を埋めて私の掌にある。きっとこの先、この台紙の一つでもスタンプで埋め尽くされることはないのだろうとぼんやり考える。

男が戻ってきて車に乗りこむ。エンジンにキーを差しこみながら、私が膝の上にばらまいたカード類にちらりと目を走らせた。無添加たらこの口のまわりには、まばらにひげが生えはじめている。そのひげにひっかかるように何か白いものがついているところを見ると、きっと今の店でまんじゅうか何かごちそうになってきたのだろう。

動きはじめたワイパーがはりついていた水滴を思いきり払い、車は走りだす。男は今日はテープをかけない。車の中にはワイパーがくりかえす規則的な音だけが響く。しゃべらないために何か体が縮こまったような気がし、伸びをして男を見た。

「一九九九年に地球が滅びるって、信じる?」訊くと男はびくりと体をこわばらせ、前に向けていた目玉を小刻みに動かした。

「知らない？　一九九九年に空から大魔王が降りてきて地球が滅びるってさ」男は私を見ずに、はっ、息に声をのせてそう言い、煙草に火をつけて窓の外に目を向けた。

地球が滅びると信じていたのは仲野だった。仲野はどこかで読んだか聞いたかしたその最後の日を信じて育ってきた子供だった。住んだこともないし知り合いがいるわけでもない場所へ引っ越すことになったのは、仲野の希望だった。もうそろそろ最後の日が近いから好きな場所で暮らしたいと仲野が言ったのだった。海の近い場所、でも海が見えるところはいやだ（津波がこわいから）、のんびりしていて、椰子《やし》の木なんかが生えてるといい、週刊誌は発売日に買えて、町の人たちの言っていることがわかる場所がいい、仲野は真剣に住みたい場所の条件を数えあげた。

仲野が言っていることはさしておかしいとも思えなかった。小学校六年のとき、算数の授業中、先生が余談でそんな話をしたことがあった。教室内はざわつき、みんな必死になって、その年自分が幾つになるか計算しはじめた。三十三だった。十二の子供に三十三というのは果てしなく遠い未来のことに思え、実感がもてなかったから私は信じなかった。どうでもいいや、と思った。けれど仲野にはきっとそのときの自分の年齢に実感が持てたのだろう。だから彼はすんなりと信じた、それだけの違いなのだ。そうして、そう言われてみれば、私と仲野が住んでいたその場所に、いなければならない理由は何一つなかった。それで私たちは図書館に行って観光ガイドを眺めたり比べたりし、引っ越す場所を決めた。

仲野があと数年後に世界が滅びるとかたくなに信じていても、とくに日常生活に支障はなかった。あやしげな宗教にのめりこんで家にある金品をつぎこむわけではなかったし、信じていない私に信じるよう強要するわけでもなかった。彼はただ普通に暮らしていた。見慣れない雑誌に裸の女の絵を書いて金を受け取り、ベランダに小さな家庭菜園をつくり、気が向けば材料を買い集めて手のこんだ料理を作った。私が終了の遠いスタンプカードにシールを貼っていると、ちらりとのぞきこんで何やら同情めいた視線を投げかけたが、何か言うわけではなかった。ひょっとしたら彼は、この場所にいるべき理由を見つけるために恐怖の大魔王を信じているのかもしれないと、ときおり思うことがあった。

ば、ば、隣の席から小さな破裂音めいた音が聞こえたので男を見る。男は唇を合わせては離し、ば、ば、と数回発音したあと、ばからしい、吐き捨てるように言った。それがさっきの返答だと気づくまでしばらくかかった。思わず笑うと、男も顔を歪ませて声を出さずに笑った。赤信号で車をとめて、男はもう一度私の膝に視線を向ける。膝の上にはさっき広げたスタンプカードがそのままになっている。

「ああこれ、商店街でもらうスタンプ。ほら、全部集めると金券くれたりするでしょ」男が何か問いたそうなので私は説明した。

「まるふくスーパーでもらえる」

男は言う。

「そうそう、まるふくスーパーはこれ、千円で一枚だからみみっちいよね。俵屋は五百円で一枚シールをくれるもの」

「戸田雑貨店」男が言う。

「あそこもスタンプくれるね、やっぱり五百円で一枚。これは中畑クリーニング、知ってる?」

「ひ、樋口薬局」

「うん、くれるくれる、あのへんよく知ってるんだね、アロマコーヒーもくれるでしょ」

「大和田楽器」

「あそこでCD買ったことないから知らないな、私は新星堂までいくから。新星堂もくれるんだよ、スタンプ」

そこまで言って、男が例の、羅列モードになっていることに気づいた。赤信号はいつのまにか青に変わっているが男は気づかない。目をぱちぱちさせてスタンプをくれる店を捜している。やがてうしろに走りこんできた車が勢いよくクラクションを鳴らし、男はあわててアクセルを踏む。ウインカーを出しながら、

「肉のみなと」

口の中でつぶやく。肉のみなとがくれるのはスタンプではなく、みなと経営の焼き肉屋の割引券だと思ったがそれは言わずに、

「アットホームって雑貨屋もくれるよ、あそこ高いから一回しか行ったことないけど」

「し、寝具の赤松屋」

ちょっと待って、私は言ってスタンプをくれる店を懸命に思いだそうとする。が、もう思いだせない。思いだせないのが悔しくて自分の膝を打つが、頭にこぼれ落ちてくる店名はここへ引っ越す前に通っていた店だったり、子供のころよく行った店だったりする。クイッククリーニング、男は無表情な声で続ける。

「もうだめだ、わかんない」

私が言うと、はっ、と息を吐きだして男は笑った。男ももう思いつかないらしく、車の中はふたたび静まりかえる。フロントガラスにぶつかる雨の音だけが響く。窓の

外に目をやる。民家も商店もいつのまにか消え去り、ネットをはりめぐらされた岩壁が迫る。くねくねと連続するSの字の坂をのぼり、やがて運転席側の窓の岩壁はとぎれ、眼下に町が広がりはじめる。掌に収まりそうな小さな町、田畑と川につつまれた小さな家々、身を乗りだして眺める景色を雨粒がにごらせていく。

雨音に耳を傾けていると、どうして自分がこれほど必死にスタンプ店の羅列に夢中になったのか、不思議なような恥ずかしいような気がしてくる。そんな意味のないことでさえ引き延ばして、この男と会話をしたかったとは。

今度は下りのS字坂をおり、灰色の町が窓の外に流れる。薄汚れたコンクリートの壁沿いに車は進み、ずいぶん長い壁だと思うころそれはとぎれた。壁の向こうでは巨大な煙突が薄く煙を吐きだしている。この壁の向こうに何があるのかと男に尋ねると、火葬場だと口の中で答えて車をとめた。窓に目をやるが店らしきものはない。コンクリートの壁を囲むようにして、間隔をあけ家が並んでいる。一軒だけ、門も垣根もない薄暗い家がある。周囲には雑草が生い茂っている。男はその前で車をおり、細かい雨に濡れながら家に向かって歩いていく。私は車をおりずにそのうしろ姿を眺めていた。男は一軒の家のまわりをぐるぐると歩き、調べるように見まわして、ふっとその中に入っていった。あの男は空き家がある場所をすべて知っているのだろうか、それとも空き家がありそうな気配というのを嗅ぎつけることができるのだろうか。窓ガラスに額を押しつけて、男の入っていった家を眺め、いましがた男がならべた店名を一つずつくりかえしてみる。そうしてみるとまるふくスーパーで、戸田雑貨店で、樋口薬局で、俵屋で買い物をする男のうしろ姿がぼんやりと浮かんでくる。できるだけ克明に、その図に肉付けする。まるふくスーパーでパックの刺身を買っている、樋口薬局で胃腸薬を買っている、俵屋でビールと焼酎を買っている、レジスターに示される数字をじっと凝視している、そうしている男の姿はけれど思い浮かばない。家の中からすっと男が出てくる。片手に細長い電気スタンドを持っている。それを抱えたまま男は家の裏手にまわる。

数枚の板切れと電気スタンドを抱えた男が近づいてきて、トランクにそれらを押しこむ。私はシートに座りなおし、車が走りだすのを待つ。

運転席に座った男はもう口を開かなかった。黒い煙を吐きだす煙突はサイドミラーの中で徐々に遠のき、川沿いの細い道を徐行しながら車は進む。おそろいのうわっぱりを着て手をつないだ園児のように、ひょろ長い木々が川べりに並んでいる。男の作業着は濡れていやなにおいを放っていた。数センチ窓を開け、入りこんでくる霧のような雨を額に浴びながら、うつらうつらとまぶたを落とす。隣で男が何か言ったような気がして目をあける。そのたびさっきとまったく変わらぬ川沿いの風景が現れる。走っているのかとまっているのかぼんやり考えまた目を閉じる。そんなことを幾度かくりかえした。たしかに男は何かつぶやいている様子だったが、私に話しかけているわけではなく、ただ口の中で意味不明な言葉を練りまわしているだけで、次第にそのつぶやきも雨の音と混ざり合い、私は額を濡らしたまま眠りこんだ。

次に目をあけたとき車は見たことのある場所にとまっていた。隣に男はいない。壊れて錆びた自動販売機、背中を丸めた白い地蔵、その合間に伸びる細い山道を上がっていけば、男の家があらわれる。車の後方をふりむくとさっきまで積まれていた鏡台やら電気スタンドやらがなくなっている。私も車をおり、雑草を踏んで山道を歩きはじめた。

一筋細く道が続いているが、突きでた枝やほうぼうに伸びきって飛びだした雑草が視界を遮り、それらの合間からときおりのぞく灰色の空は、すぐ近くまで迫って見えた。濃い緑のにおいが私の全身を取り巻いている。ジーンズが湿り気をおび、シャツから出た腕を水滴が伝うが、それが降ってきた雨粒なのか草や葉についた水滴なのかわからずただ歩いた。ゆるいのぼり坂で次第に息が切れてきても、目の前の光景はかわらず緑とグレイで染めあげられ、いくら歩いても進んでいるという感覚がない。真空状態の空間で足踏みを続けているような気になってくる。私自身はあのアパートの、仲野の横で眠りこんでいて、眠った意識が山道を歩く私を眺めているのではないかとふと思いついた。そのほうが自然に思えた。

踏みしめられた草をたどって進み、やがて平地が広がると男の姿が見えた。男は家具を配置している。板切れを足の折れたちゃぶ台にあてがい、少し離れてそれを眺めている。どうするつもりなのか、拾ってきた板切れを縦にしてみたり横にしてみたり、それを足元に置いて鏡台の位置をかえたりしている。男の背中も並べられた家具も、その向こうに広がる葉をつけた木々も、細かい雨粒にかすんでいる。そのせいで、掌を自分の目の高さでひとふりしてみれば水滴とともに男も家具もすべて消えてしまいそうだった。私はそれ以上近寄らずに、細かい雨粒にさらされている古道具を眺めていく。

点々と草地に置かれた古道具の合間に、見知った人々の影が動く気配がして私は一歩足を踏みだす。その気配は男のものではなく、ついさっきまでここで食事をしていた人々、ちゃぶ台を私とともに囲んでいた人々のもので、一瞬ののち壁も屋根も彼らも吹き飛んだがその気配だけは色濃く残っているように思えた。踏み倒された草の上に一歩踏みでると、ほかのどこでも嗅ぐことのできない独特のにおいすら鼻をついた気がした。

そのまま数分男はあれこれと家具を動かし、私は入り口に突っ立っていた。どこがどうかわったのか私にはまるきりわからなかったが、男は何か満足した様子でその場を離れ、立っている私に気づかないふりをして山を下りはじめた。私も黙って男のあとを歩いた。男は右から、私は左から車に乗りこみ、ふたたび車の中をワイパーの音が満たす。雨粒をふり払うワイパーの向こうからライトをつけた青い乗用車が走ってきてすれ違い、すれ違いざま運転席の女と目があった。口を赤く染めた若い女だった。遠ざかる青い車をバックミラーの中で追い、私は仲野の隣で眠っているわけではない、山の中に家具をためこむ奇妙な男の車に乗っているのだと、いまさらながら気づいた。

車はどこにも寄らずそのまま男の仕事場に着いた。結局男の今日の仕事は文房具屋でまんじゅうを食べてきただけで、あとは男が自分の家の備品を捜しまわっていただけだったと、背を丸め段ボールを抱えていく男のうしろ姿を見送って思った。

車に戻ってきた男は薄汚れた自分の指を見下ろし、

「お、おれは帰るが、あんたはどうするんだ」

そう訊いた。

「どうするって？」

聞きかえした。男は低くうなって口ごもり、ちらりと横目で私を見た。私はその目つきに何か感情らしいものを見たような気がした。たちばなの金を盗んだのでもう帰れないと言った私のうそを、どうやら信じこんでいるらしい視線だった。それは男の目にはじめてあらわれた感情に見え、いくぶんほっとした私は、

「車を貸してもらえないかな」媚《こ》びた口調で言った。「あなたの家まで送っていって、明日もちゃんと迎えにいくから、それまで一晩、この車を貸してよ」

男はしばらく無言のまま自分の指先を眺めていたが、ひとつうなずくと車を走らせた。

男の家は仕事場から三十分ほど車を走らせたところにあった。前方に両手を広げた

ような山の尾根が連なり、それがぐんぐん近づいて、こんなところに人の住む家があるのだろうかと外を見ていると、広大な栗林と向き合うようにして古びた団地があらわれた。外壁の黒ずんだ四階建ての建物が、行儀のいい生徒みたいにきちんと五棟並んでいる。一番端の建物の前に車をとめ、男は運転席に腰かけたまま落ち着きなく体をゆすっている。何か言おうとしているのだろうと待っていると、絶対に事故を起こすな、と、私ではなく車を案じている口ぶりで言い捨てておりていった。運転席に移りながら窓を開け、何時に迎えにくればいいのかと男のうしろ姿に訊く。八時だ、男はふりかえらずにどなった。薄暗い団地に男の背中は吸いこまれていく。男の姿が見えなくなり、かわりに、そこここに明りをつけた集合住宅を眺めていると、なんとなく裏切られたような気持ちがした。

キーを差しこみ、ハンドル、ギア、ハンドブレーキ、順に触れ、バックミラーを動かし、どこへ行くのかも決めないまま深く息を吸ってアクセルを踏みこんだ。運転席を中心にページをめくっていくように広がる栗林を眺めてゆるゆると進み、次第に車の数が増えはじめ、うしろについた車にクラクションを鳴らされながら少し速度を早め、どこへ行こうかと考えてみる。どこへでも行けるのだと気づく。車をどこかに放置したままアパートに帰ることもできる。まるふくスーパーは十時までやっているからそこでビーフストロガノフの材料を買って、日曜の続きをやりなおすこともできる。もっと条件のいい仕事を捜すこともできるし、たちばなへ行かなければもう二度とあの男に会うこともないだろう。日々はまったく同じようにくりかえされていくだろう。あるいは、この車に乗ったままガソリンが尽きるまで走り続けることもできる。どこでガソリンが尽きるのか、尽きたその場所で暮らすこともできる。車の中に入りこんではうしろに消え去る町の明りに身を浸しているとそれもそれほど不可能ではないように思えてくる。今まで住んでいた町を出て、仲野と一緒にまったく知らない場所を目指したように。あるいは、父と母に連れられて見慣れない家に足を踏み入れたように。そんなことを考えてひたすらまっすぐ車を走らせ、右折はなかなかできずに左折ばかりをくりかえし、気づいたら見知った場所を走っていた。あと数メートル進めば左手に駅のロータリーが広がり、そのまま左折してガードをくぐれば私のアパートが見える。

見慣れた景色をたしかめるように車を進めた。シャッターを降ろした樋口薬局があり店仕舞の準備をしている喫茶店ポットがあり、仲野と一緒に煙草を買いにきた自動販売機があり肉のみなとがあり、信号機の向こうに三階建てのアパートが見える。アパートの三階の部屋を見上げると、私たちの部屋に橙の光が灯っていた。あの部屋の中に、私がまだいるような気がした。コーヒーを飲む仲野の前で、背を丸めスタンプにシールをはりつけている光景が見えた。赤に変わりかけた信号を無視してアパートを過ぎた。

閉店したファミリーレストランの駐車場に車をとめ、運転席のシートをまたいでうしろの席に移る。倒した後部座席とつながるトランクには、薄汚れた段ボールが四つ、乱雑に積み重ねてある。ルームライトをつけ腰をかがめて中身を調べた。一つには文房具、箱に収まった鉛筆やボールペン、ばらの水彩絵の具や折れたクレヨンなどが詰めこまれていた。もう一つは雑誌、一冊ずつめくっていく。端の黄ばんだエロ雑誌、写真雑誌が何冊か、一番奥から銃の専門誌が出てきた。男と銃の取合せはどことなく不自然で、興味を覚えた私は荷台に乗りこんでそれをぱらぱらとめくる。次の箱には食料が入っていた。缶詰、錆びた缶切、いつのものだかわからない袋菓子、非常用の乾パンまである。一つ一つ手にとって眺めてから最後の箱を引き寄せる。あまりに軽いので空かと思ったが、ワイシャツが二枚と黒いネクタイが丸めて入っていて、それを手に取ると下に何枚か札があった。かき集め数えてみる。二十八万と三千円だった。

車内を緑に染めるルームライトの下で、それらの意味——食料と銃雑誌、黒いネクタイと現金の——を考えてみる。つながりのない男の持ち物を組み合わせたりつぎあわせたりし、それで男の沈黙の裏にあるものをさぐろうとしてみる。ひょっとしたらあの男こそどこかから金を盗んできたのかもしれない、今はこんな片田舎で文房具などを売り歩いているがじつはどこかから逃げてきた身で、名前も年齢もすべて偽って問屋に身を置いているのかもしれない、駐車場のすぐわきを一台のトラックが爆音をあげて通り過ぎ、一瞬車の中が白いライトに照らし出される。私は数十枚の札を抱えたまま身を縮めて動きをとめる。トラックが遠ざかるにつれあたりはふたたび静まりかえり、手にした数十枚の札とワイシャツ類を段ボールにそっと戻した。段ボール箱をもとどおり積み重ねてその上に肘《ひじ》をつき、男の過去をあれこれと詮索し続ける。男が何か罪を犯していたりあるいは何かから逃げ隠れていると仮定したほうが、理解しやすいように思える。必要以上の無口さも、奇妙な行動も、あの拒絶も、私に対する無関心さも、この四つの段ボール箱も。いつだったか男の顔をどこかで見たことがあるように思ったが、ひょっとしたらあれは指名手配犯のポスターではなかったか。しかし二十八万の現金と指名手配を結びつけるのはばかばかしくも思え、かといって想像はそれ以上続かず、結局私は段ボール箱を隅によけて後部座席に身を横たえた。眠るには体を丸く折り曲げなければならない。自分の膝を抱いて目を閉じる。煙草と雨のにおいが淡く混じりあって鼻先を漂い、それとともに、今まで見たことのある指名手配犯のポスターがぱらぱらとまぶたの裏を流れた。見たこともない男たちの顔は次第にぼやけて仲野の顔になったりたちばなの客たちの顔になったりして消えていった。

あくる日八時五分すぎに男の住む団地についた。表で待っていた男は車を見つけるとあたふたと近づいてきて、まずうしろの荷台をあけた。

「事故らなかったよ」

声をかけても答えず、段ボール箱を点検している。二十八万三千円が百円でも足りないのではないかと心配なのだろう。腰をかがめ上半身をトランクに突っ込んでいる。調べ終えて男は運転席に乗りこむ。口の中で何か言葉をこねまわしている。

「今日は久しぶりに晴れたね、まだ梅雨はあけないんだろうけど」

私は声を出す。男はぶつぶつと何かつぶやきながらラジオのスイッチを入れ車を走らせる。なめらかにしゃべりだすラジオの女の声から男のつぶやきを抜き取ろうとしてみるが、男が何を言っているのかさっぱりわからなかった。首をかしげ人の言葉を練習しているインコの鳴き声みたいだった。栗林をすぎ最初に現われたパン屋の前で男は車をとめ、菓子パンを三つ買って戻ってきた。一つを私に放り、

「百三十円だ」

それだけ言って焼きそばパンの袋を破き、片手でハンドルを操作する。

「あとで払うね」私は言った。「あそこのパン屋でいつもパン買ってるの?」

男は何も答えない。右手で焼きそばパンを口に運び、左手で運転している。今日は朝からシャッターを降ろしている。私がすぐ隣にいるのに身を隠すように目を合わせない。私に放られたのはコロッケパンだった。

「あったかいコーヒー飲みたいな、缶コーヒーじゃなくてちゃんとドリップして淹れたの。ねえこのへんに喫茶店、ないの? コーヒー飲んでから行ったんじゃあ間に合わないかな?」発する言葉はラジオの女の声みたいに空々しく響き、自分でどのくらいの音を出しているのかもわからなくなる。

「私東京にいたとき喫茶店でアルバイトしてたんだ、二年くらい。だから、おいしいコーヒーを出す店とそうじゃない店は、なんとなくわかるの、入り口見ただけで。ねえたちばなの近所にさ、ポットって喫茶店あるじゃん、あそこはなかなかいい喫茶店だよ、コーヒーがちゃんとしてる。駅前の祇園はだめだね、煮詰まりすぎだよ。ねえ、行ったことある？」男をちらりと見るが、男がほかの喫茶店の名前をあげていく様子はなく、答える言葉のかわりをつとめるように口の端から焼きそばが数本はみ出している。

袖口で口元を拭って男は車をおりていく。口の中でまだ何かつぶやいている。ラジオの音が消えた車内に男の低いつぶやきが残っている。言葉にならないばらばらの音として散らばっている。

男の車に乗りこんでから数日がすぎた。男は相変わらずどうするのかともおりろとも言わず、見るからに不自然な建築物も幾日かたてばそこにあって当たり前になるように、私が助手席に座り続けていることに慣れてきたようだった。慣れてきたからと言って口数が増えるはずはもちろんなく、むしろ私のほうが男の無言への対処を覚えつつあった。そういう意味で慣れたのは男ではなく私のほうなのかもしれない。数日間でわかったのは、男は身を隠すカプセルを持っているということだった。そのときどきのきっかけはわからないがとにかく突然男はカプセルをかぶる。そうすると私の発する言葉はすべてカプセルにはねかえり男には届かない。たちばなにいるときよく男は自分の目を隠して座っていたが、あれはきっとカプセルを意志的にかぶっていたのだと気づいた。そうしていればだれも自分に気づかない、実際男はそう信じているのだ。

男がカプセルをかぶればこちらもひたすら黙るしかない、それでもしゃべりたければラジオのＤＪみたいに一人であれこれ言っていればいい、もちろん言葉は男のカプセルにはねかえり車の中にむなしく散らばるだけだったが。どうしても訊きたいことがあれば、とにかくその質問を何十回でもくりかえし、ようやくカプセルを脱いだ男が口の中で練りあげる言葉をじっと待っていればいいのだ。

私は毎日男を団地まで送り、値段の安いビジネスホテルや温泉旅館に泊まった。ジーンズの左ポケットに突っ込まれた金額は三万八千円と小銭だけになった。急に心もとなくなり、ビジネスホテルの駐車場で荷台にもぐりこんで現金の入った段ボールを捜してみた。数千円でも一万円でもひっこぬくつもりだったが、一番下にあった現金入りの段ボール箱はなくなっていた。いつのまにか男がどこかべつの場所に移したらしい。たちばなから金を盗んできたという女を乗せて、コロッケパンの代金をもきっちり請求する男が現金を隠さないわけがないのだった。現に私はそこに現金があればひっこぬくだろうし、男が段ボールをほかに移したのは賢明だと思ったが、そんなことをされるとなんだか、本当に自分がたちばなから金を盗んできた気がした。ポケットに押しこんだ数枚の札は、たちばなのレジから抜いてきた錯覚を覚えた。ちっぽけな盗みのせいで榎本の言うとおり逃げているように思えた。そうすると、だれもいない閉店後のたちばなの静けさや、音がしないようにそっと引いたレジスターの冷たさが、妙に現実味を帯びて思いだされるのだった。

グレイの建物から段ボールを運びだしてきて車を走らせ数時間がたつが、男はどこの文房具店にも寄らない。かといって空き家捜しをするわけでもなく、ただひたすら国道を進む。どこへ行くのかと三十回くらい訊いてようやく男は、八木沢の新道さんだ、とだけ答えたが、私は八木沢も知らないし、新道さんも知らない。八木沢はどこか、新道さんはどのあたりか、くわえて四十回も五十回も訊く気力がなかったので、私も口を閉ざして重たくのしかかる灰色の空を眺めた。

道の右手を覆っていた森林の合間からぬるりと濁った海が見え隠れし、橙の光で染めぬかれたトンネルをくぐると右手に一面海が広がっていた。ガードレールの向こうに広がる砂浜が人でにぎわっている。男はちらちらとそちらに視線を送り様子をうかがっていた。運転席に身を乗りだす。人々は材木やベニヤ板を手にし、何か作っている。海の家だとすぐわかった。

ずらりと横に並んで何軒もが建てられようとしている。信号が赤に変わって車はとまり、男は窓に顔をはりつけて砂浜を凝視する。男が窓を開けると、騒々しさが遠く聞こえた。釘を打ちつける音、人を呼ぶ声、大げさに笑う声。クレーン車が一枚のベニヤ板を高く持ち上げる。ベニヤ板は中央が四角く切り取られていて、宙に浮いた窓の向こうに灰色の空が広がっている。ベニヤ板はゆらゆら不安定に揺れながらゆっくりと下降する。灰色の空ばかりが映っている中央の窓に、同じく濁った色の海が入りこむ。どこか頼りなく建てられた骨組みのまわりで、五、六人が上を見上げ、ベニヤ板が降りてくるのをじっと待っている。うしろから思いきりクラクションを鳴らされ、窓から半分顔を出していた男はびくりと数ミリ飛び上がり車を発進させた。

ずいぶん走った気がするのに遠くへ来たという気がしない。右に広がっていた海は樹間に隠れたりふたたび現われたりし、道がのぼりになるにしたがって背後でどんどん縮んでいった。左右、前方には重苦しい色合いの山がそびえ、はりめぐらされた網のように尾根が続いていた。白いバンをつかまえようと待ちかまえているその網は、けれどけっして近づかず遠のきもせず、書き割りのようにいつまでも等距離にあった。

目的地についたのは二時近くなってからだった。国道を左に曲がると蛇行した細い道がずっと続き、その両わきに小さな商店がひしめいている。男はフロントガラスに顔をつけるようにしてずるずる運転し、砂利の敷かれた駐車場に車を乗り入れた。車をおりた男の背中を目で追う。駐車場の斜め向かいに建っているコンビニエンスストアに男は入っていった。ここが八木沢の新道さんかと思うが、コンビニエンスストアの看板には三宅スーパーと書かれていて、信号機のわきの道路標識にも八木沢の文字はない。

私も車をおり、湿り気を帯びた空気を思いきり吸いこんで、砂利敷きの上で伸びをしたり飛び上がったりした。私もそれほどよくしゃべるほうではないのだが、それでも一日黙りこくっていると、溜めこんだ言葉が胸の奥で固まって石のようになる。体を動かしたくなるのはずっと座っていることの窮屈さからではなく、むしろその石を取り払いたいからだった。上半身をむやみに曲げたり伸ばしたりしながら、男の入っていったコンビニエンスストアを見遣る。自動ドアのガラスが埃で曇っているのは男のよく行くさびれた店と同じだが、それでもいつもの店に比べたらずっと大きい。店の前に軽自動車をとめ、銀縁眼鏡をかけた若い男がコンビニエンスストアに入っていったのを見送って、中で男はどんなふうなやりとりをしているのか、見てみたくなった。

車の一台も走っていない道路を横切って、コンビニエンスストアのドアの前に立つ。重たげな音をたててドアが開く。コンビニのはずなのになぜか魚の生臭いにおいが漂っている。奥から流暢な男の声が聞こえてくる。笑い声もする。ぎょっとして、陳列棚の隙間から男の姿を捜した。

一番奥にレジがあった。カウンターの内側に小肥りの女が座り、背をのけぞらせて笑っている。その向かいにいるのは男ではなく、いましがた店に入っていった銀縁眼鏡の若い男だった。流暢にしゃべり店の女を笑わせているのは銀縁眼鏡だったのだ。

そのことに妙に安心して、棚に並んだ菓子を選ぶふりをして男の姿を捜す。レジから数歩下がった隅のほうに男はいた。両手をだらりと下げ、ぽかんと何かを見つめている。位置をずらして男の視線の先を追うと、男が眺めているのは店の壁にはられた、色褪せたポスターだった。ビキニ姿の女が胸の谷間を強調するしぐさで清涼飲料水を差しだしている。男はそれを、半分口を開けて眺めているのだ。

「そういえばこの少し先に焼き肉屋さんあったじゃない、さっき通ったとき看板なくなってたけど、どうしたんすか、あれ」銀縁眼鏡が訊く。

「ああ、閉めちゃったよ、一週間か、もっと前だったかねえ。ああ、やっぱマルワさん、今日はいいや」

冷蔵棚には発泡スチロールにおさめられた開きや干物が並べられている。数匹の蠅がそのまわりを飛び交っている。隣には色の悪い肉。床には新聞紙が敷かれ、その上に土のついた野菜が転がっている。ところどころ細かい羽をこびりつけた卵はかごに入れられ、野菜のわきに無造作に置かれている。男はまだ所在なさげにポスターを見上げている。

「食べてみました、あそこの焼き肉」

「最初はね、もの珍しさでみんなで行ってみたけどさあ」

「このへんの人だったんすかね、店の人」

「いやあ東京だかどっかから来たって聞いたけど」

「ああそれじゃだめだ、きっと向こうでだめだから、こっちでなんとかなるだろうって来たんだろうけど、このへんの人、舌肥えてるから。東京の人なんかよりずっと、味にうるさいですから」

「そんなことはないけどさ、たしかにあそこの肉はひどかった」

「ときどきありますよねえ、肉食ってるんだか草履《ぞうり》食ってるんだかわからないようなの。肉が悪いから死ぬほどたれしみこませて、そういうのに限ってにんにくたくさん使うから夜元気になっちゃうんだ、独り身には罪ですよ」

　肉の隣にはデザートが並んでいる。プリンやヨーグルトに混じって、不気味なほどあざやかな色のモンブランやチーズケーキがある。さっきから客は一人もこない。ヒステリックな笑い声を執拗に響かせる店の女はおそらく私が入ってきたことにも気づいていないのだろう。デザートの隣は飲み物。見知った缶の柄を目にするとなんとなくほっとする。銀縁眼鏡が女の耳元で何か冗談を言ったらしく、女は背をのけぞらせて笑う。

「ねえまだいたの、マルワさん、なんにもいらないんだって、今日は、悪いけどさ」

女は笑いすぎて涙を流し、人さし指で目の縁を拭いながら男に声をかけるが、男は動く気配はない。

かごのわきにしゃがみ中の卵に触れる。鳥の羽や糞のこびりついていない、真っ白い卵を捜して掌にくるむ。すべすべした表面を人さし指でなでさすりながら、隅にぽかんと突っ立っている男のわきをすり抜けて出口に向かった。男は一瞬体を硬くしたが私のことは見なかった。話に夢中になっていた銀縁眼鏡はこちらを見、ありがとうございました、素っ頓狂な声を出して頭を下げる。

店先で立ちどまり、掌を開く。白くつややかな卵の表面を見ているうち無性にいらいらしてきて、片手を思いきりふりあげ白いバンめがけて卵を投げつける。バンのフロントガラスは黄色い液体で染まるはずだったが、力を入れすぎて卵はふりあげた掌の中で割れた。粘り気のある汁が手首からゆっくりと腕をつたう。舌うちをし、駐車場の石ころに掌をなすりつけた。

サイドミラーに店を出てくる男が映る。ポケットに両手を突っ込み背を丸めて歩いてくる。私は寝たふりをした。砂利を踏む音が近づいてきて、いきなり何かが割れる音がし目を開ける。男は荒々しく座席に乗りこみキーをエンジンに差しこんでいる。何が割れたのかとあたりを見まわすと、足で蹴ったのか拳固で殴ったのかは知らないが、運転席側のサイドミラーが折れて下を向いていた。

「なんなの」

訊いたが男は舌うちで答えたきりだった。私が男の仕事ぶりを見にいったのが気にくわないのか、売り込みがうまくいかなかったからむしゃくしゃしているのか、それともただ苛立っているのか、知りようがないがとにかくサイドミラーを壊すだけの力が出せるのだからこの男は馬鹿力の持ち主なのだと、妙なところで感心した。それきり男は舌うちをするわけでもなくものにあたるわけでもなく、来たときと同じようにおとなしくハンドルを操っていたが、サイドミラーがなくてはどうも不便らしく、いきなり車を路肩に寄せてとめ、荷台からガムテープを出してきてミラーを補強した。とまったり走りだしたりするたびにぐらぐら揺れたが、とりあえずテープの巻かれたミラーは最低限の役目を果たしているようだった。

コンビニエンスストアを出て車は国道に戻り、引き返さずに先へ先へと進む。男は思いだしたようにコンソールをさぐり、テープをセットする。空はずんずん降りてくるばかりで一向に雨は降りださない。バックミラーには不精ひげをまわりにはやした男の口元だけが映っている。薄桃色の唇はテープに合わせてかすかに開いたり閉じたりしている。声は出さない。

無人の料金所をすぎ車の一台も通っていない有料道路をしばらく進み、出口をくぐっていきなりあらわれる巨大なドライブインに男は車を入れた。

中央の建物は真新しく、塗られたばかりのペンキがてかてかと光っていた。駐車スペースには三台のバスしかとまっていない。男は榎本にしたように顎をしゃくって車をおり、私はあとに続いて全面ガラス窓で覆われた建物に入った。数台のゲーム機があり、壁で仕切られたみやげもの屋がいくつかと、飲食コーナーがあった。蕎麦《そば》、軽食、定食、コーヒー売場、それぞれの店は区切られていて、中央に白い丸テーブルが並んでいる。男は蕎麦を買い、テーブルについて一人すすりあげている。私はサンドイッチを買って男の向かいに座った。みやげもの屋の正面にベンチがあり、何をしているのか、数人がただ座っている。髪を一つにまとめた女も、ふくらんだ紙袋をいくつも抱えている老人も、夫婦らしい中年のカップルも、みなそろってぼんやりと視線を宙に漂わせている。コーヒー売場のわきにコインで動く象がいた。真っ赤に塗りたくられた小さな象だ。たった一台だけ置かれている。

うつむいて蕎麦をすする男の脳天の向こう、ガラスの壁がいっせいに光を放ちはじめる。顔をあげると雲の切れ間から太陽がのぞいていた。駐車スペースに整列したバスはそれぞれ背に光を受けて白く染まる。同様に、ドライブインを囲む銀杏の木も白く光を放つ。突然あらわれた太陽にみなゆっくりと蒸発していくように見えた。

コーヒー売場のショーウィンドウには、乾いて表面のぱさついたパンが並べられている。赤と白のしましま帽をかぶった店員はカウンターに肘を立てて漫画雑誌をめくっている。彼を取り囲むように並べられた色とりどりのガムや飴玉、煙草なんかが複雑なモザイク模様を作っている。白髪頭の老夫婦が少し離れたテーブルに向かい合って座り、ビールを飲んでいる。小さな細長いグラスをつまむようにして持ち、何もしゃべらず、ときおり思いだしたようにグラスを口に持っていく。遠い昔家にあった、ガラスの飾り物を思い出す。向き合った二匹の鳥が交互に水を飲む置物だった。片隅にあるスロットマシンの前にくたびれたスーツ姿の男が立って、ポケットをまさぐりコインを一枚すべりこませる。にぎやかな音が突然建物内に響き渡るが向き合った老人たちも、中央のベンチに腰かけた人々も、蕎麦をすすりあげる男も動じない。

ぱらぱらと数人が立ち上がり建物を出ていく。まるでだれかの命令におとなしくしたがっているように建物を出、一台のバスに乗りこんでいく。ガラスの向こうでバスは音もなく発車し、ドライブインを抜けていく。数人が出ていってふたたび静まりかえる建物の中に、スーツ男がくりかえすスロットマシンの音が鳴り続けている。機械的で耳ざわりなコンピュータ音だけが広がってゆく。

一人の女が車をおり子供の手を引いて建物に入ってくる。子供は赤い象の前で立ちどまり、乗せてくれとわめきだす。ヒステリックな泣き声はスロットマシンを上まわって建物じゅうに広がるが、向き合った老夫婦もコーヒーショップの店員も、ベンチに残った数人もやっぱり関心を払わない。母親の手を思いきりひっぱり床に寝転がり、足をばたつかせたり身をよじらせたりする男の子を、私だけが見ている。母親はしかめ面で象にコインを入れる。ごうん、かすかな音をたてて象は前後にゆっくりと動きはじめる。子供はすぐさま泣きやみ、象の背にしがみついてけろけろと虫のような笑い声をたてる。象はただ前後にゆらゆら揺れ続ける。笑い声の合間を縫ってスロットマシンの音楽が鳴り響く。

「あんなんじゃだめなんじゃない」

　蕎麦をすすり終えた男に話しかけた。ゲーム音にも笑い声にもまけないよう声をあげなければならなかったが、口を開くと気分が落ち着いた。

「さっきの銀縁眼鏡みたいに、ああだこうだ言わなきゃだめなんじゃないの。あんなら私だってできるよ。とにかくしゃべればいいわけでしょ、今日ここへくる途中海の家建ててるの見ましてね、もう夏ですなあ、あれですか泳ぎにいったりするんですか、おねえさんはあれでしょビキニでしょ、見てみたいもんですなあとか、そんなふうにしゃべってりゃむこうだって安心するでしょ。榎本って子なんか、ああだこうだ愚痴こぼしてたけど、けっこういけるんじゃないかなあ」

　男はテーブルに飛び散った蕎麦の切れ端を眺め、煙草に火をつける。火の消えたマッチ棒を折って歯の奥をほじくりはじめる。

「あんたきっと考えるからよくないんだよ、なんにも考えずにさ、それらしくしてれば簡単だと思うけど。この前の榎本だってそうじゃん、なんとなく就職してはじめて絶望感を覚えた若僧ってのをやってたじゃない。べつに仕事を離れたところで榎本が何を思ったり何をしてたりしても関係ない、とりあえず榎本がそれらしくしてたらみんな安心するじゃない。さっきの銀縁も、店のおばちゃんも、お互いそれらしくして安心しあってるから仕事進むんじゃん。あんたしゃべるの苦手そうだからべらべらまくしたてろとは言わないけどさあ、もっとにこにこしたり、相手の自慢話聞いてやるとかさあ」

歯の掃除を終えた男は私の首のあたりに視線をあわせてにやにやと笑った。なんでこんなことをしゃべっているのかと思いながらも、言葉が口からこぼれ落ちる快感のためだけになおも口を開こうとすると、にやにや笑いをはりつけたまま男は席を立った。

「たちばなのママがよくする話、聞いたことある、自分たちは女系家族だっていうの。あれだって、まあうそじゃないんだろうけど、わざわざああいうこと言いまくるのは、それらしくしたいからなんじゃないの、自分のきょうだいみんな出戻りで、理由もなくあそこに居着いてるっていうよりはさ、女系家族だとか言ったほうが自分たちも、まわりもそうかって納得しやすいでしょ」男は自動ドアを抜けて表に出る。思いつくまま言葉を吐き散らしてあとに続く。自分のうしろで自動ドアがぴったり閉ざされると、傷ついたレコードみたいな子供の笑い声も、ゲームの単調なコンピュータ音もすっと遠ざかって消えた。

男はバンに近づき、運転席に座るがボンネットを開けすぐ車をおりてくる。ボンネットの内部をまじまじとのぞきこんでいる。

「何、調子悪いの」

体を九十度曲げて内部をのぞく男は答えない。私は助手席のドアにもたれ、続きをしゃべった。

「みんなそれらしくしてるじゃない。むずかしいことじゃないよ。たちばなに来る人だってみんなそうじゃない。まわりが見えないふりしてさ、それであんたが本当にまわりから見えなくなればそれでいいんだろうけど、実際見えてるんだから、あんたはそこにいるんだから」

ちらりと男を見る。男はボンネットの内部に顔を近づけ、オイルと埃で黒く汚れた内部をなでさすっている。うつむいているせいでこちらには薄い毛髪のはりついた脳天しか見えないが、その脳天がなぜだか続きを待っているような気がして言葉を捜した。男がていねいに指を這わせるエンジンやバッテリーや、コードやファン、ぎっちりつまったそれらを見ているうち出てきかけた言葉は喉元でじんわりと溶けていった。複雑に絡まりあいつながりあっている大小様々の部品は、私をぞっとさせる。今しがた得意になってしゃべった言葉が自分の耳元でくりかえされる。

私の父親はなんでも分解した。ステレオ、TV、ラジオ、掃除機、家にある電化製品で父の分解を免れたものはほとんどなかった。居間で父が背を丸めて座っていれば、何かしら分解しているのだった。むきだしにされた基板に私はなぜだか恐怖を感じていた。細かく配列された金属やチップ、わずかな隙間からのぞく基板の緑色、絡まりあったコードと小さなねじ、細かい何かの部品、背を丸めた父の周囲でTVはもはやTVでなくなり、ただ意味不明の恐怖となって散らばっていた。ひととおり分解がすむと父親はすぐさま組立てなおすのだが、それで元通りにならないものもいくつかあった。どんな細かい部品でさえ同じ位置に戻さなければそれは永遠にTVではなくなるのだった。様々なものがこわれ母親から苦情が出ると、父親は粗大ごみ置場に捨ててある電化製品を拾ってきては分解し続けた。分解し、元通りにし、そうしてふたたび同じ場所に捨てにいくのだ。

母の姉に鳥をかたどったブローチをもらったことがあった。きらきら金色に輝くそれを私は家族じゅうに見せびらかしてまわった。だれもがそれを褒《ほ》めたが父だけは少し違う反応をした。胸元にとめたそれをじっと見つめ、見せてくれ、と片手を差しだした。私はおとなしくブローチを外し、金色の鳥を父親のごつごつした掌にそっとのせた。父はかがみこむようにしてブローチを眺め、ひっくり返しては眺め、やがて鳥の頭と尾を強く握って力をこめた。数秒後、甲高い音をたてて金色の鳥はまっぷたつに割れた。私は驚いて父親を見た。父は笑って、割れちまったよ、と口の中で言った。

ＴＶは四角い映像が映るからＴＶなのであり、時計も文字盤があるから時計なのであって、いったんそれらが内部をさらすとそれは不気味な部品の配列になる。あるいはただのかけらになる。

男はまだボンネットの中身を調べている。なめるように顔を近づけ、部品をなでさする男の指が次第に黒ずんでいく。それらが上等な布地であるかのように男の指は薄汚れた部品の上を這う。私は口をつぐんで突っ立っていた。ついさっきまで、だれに向かって何を言いたかったのだろうとぼんやり考えながら。

その日男は問屋へは戻らず、明りのにぎやかに灯る温泉街を外れたところのビジネスホテルに泊まった。周囲は間口の狭い飲み屋ばかりが軒を連ね、だいぶ年季の入ったそのビジネスホテルだけが唯一背の高い建物だった。

「ここ、会社がとってくれたんでしょ、てことはただなんでしょ、私も泊めてよ、隅で寝るから。所持金がだんだん心細くなってきたからね、節約できるときはしないとさ」

男が車をおりるときそう言って一緒におり、

「非常階段のところで待ってるからチェックインしたら呼びに来てよね」

入り口に向かう背中に言った。

生ごみのにおいを放つポリバケツのわきで男を待った。ひょっとして呼びにこないつもりかもしれないと階段を上がりかけたとき、切れかけた蛍光灯の下、男が二階の非常扉を開けた。

「ねえビール飲んでもいいよねえ、どうせ経費で落ちるでしょ」

それほど広くない部屋を一人うろうろと歩きまわる男に言い、ＴＶをつけ正面に座ってビールを飲む。男は無言のまま風呂に入って出てこなかった。しばらくして突然降りだした雨のようなシャワー音が風呂場から聞こえてきた。部屋は洋風なのに奥には障子があり、それを開けると一畳ほどが板敷になっている。厚ぼったいベージュのカーテンはぴったり閉められていたが、表のネオンサインを吸い取ってピンクや黄色に秒刻みで染められる。飲み干した空き缶をつぶして屑かごに放り、新しいビールを開ける。音を消したTV画面ではサッカーの試合が流れていた。漏れ聞こえてくる抑えた笑い声は、隣の部屋から響いてくるようだった。

男は浴衣姿で風呂から出てきて、所在なげに部屋をうろつき、ふと足をとめて冷蔵庫からビールを出して飲みはじめる。私の姿が見えないかのようにTVの音量を大きくし、言葉にならない単語すら発しない。カプセルの層がいつもよりぶ厚い気がした。それで私もそこに相手がいないようにふるまい、風呂に入ってシャワーを浴びた。

風呂から上がるとさっきと同じ場所に男はいたが、床に何か並べている。近づいてのぞきこむ。男は正座して床に財布の中身を並べているのだった。紙幣を種類ごとに分けて並べ、ラーメン屋の割引券、期限が切れている福引補助券、折れ曲がった社員証と何枚かの名刺、数字の書きこまれた紙切れ、私がのぞきこんでいると男は出し惜しむようにゆっくりとそれらを並べていく。ガソリンスタンドのカード、店名と地図の書かれた飲み屋のチラシ、レシート、そうして最後にゆっくりと一枚の写真を置いた。隅の擦り切れた、古い写真だった。そこには一人の女の子が写っている。赤いジャンパースカートをはいた、小学校にまだ上がらないくらいの女の子が、遊園地のコーヒーカップに乗って、こちらを向いて手をふっている。床に置きそっと写真から離れる男の淡く黒ずんだ指が、背後にいる私に向かって何か自慢しているように見える。それがなぜなのかと思うより先に、男がこんな写真を持っていたことに驚いて思わず訊いた。

「なにそれ、あんたの子供なの？」

男は答えず、並べたそれらの位置をかえたり手にとって眺めたりしている。壁からはくぐもった話し声がとぎれることなく聞こえてくる。もう一度同じ質問をくりかえした。男は財布の中身すべてを並べ終え、まず紙幣を手にとり財布に戻していく。それからカードを、チラシを、たしかめるように手にとって財布に押しこむ。腹立たしくなってきた。まるふくスーパーや俵屋酒店で品物を手にとる男の現実を想像しようとしたことがあったのに、こうして実際、私の知らないところに男の日常を縁どる証拠のようなものがあり、その証拠の品々をどうしてだかは知らないが男が私に見せつけていることが腹立たしかった。

「あんたの子供かって訊いてるの」

いくぶん声を荒らげるが、隣室の話し声が男の答えるかわりに部屋に侵入してくる。男は名刺をしまい、社員証をしまい、ラーメン屋の割引券をしまう。自分が壊れかけたサイドミラーになった気がした。ガムテープでくくりつけられたサイドミラーは風を切って小刻みに揺れていた。あんたの子供かと飽きずにくりかえす自分の声と、サイドミラーの小さな揺れがだぶる。床に並べたすべてを財布におさめ、男は財布をまるめた作業着の合間にもぐりこませた。

私は男に質問を投げかけるのをやめた。罵り、嘲り、意味のない罵倒、――どんな種類の、どんな言葉を投げつければ、この男のカプセルをたたきこわして内部に触れることができるのだろう。そこに手を伸ばして、男に傷を与えたかった。痛みに顔をゆがめた男が発する声を聞きたかった。内部からあふれでる男の言葉を聞きたかった。私に向けられた男の言葉を聞きたかった。それが聞けるまで私は絶対に車をおりない、所持金が底をついてもどこかからくすねて男の隣に座り続けてやる。男に投げつけるべき言葉を捜し、土に投げだされた魚のように数回口を動かした。言葉は見つからず、自分が不自然なほど興奮していることに気づいた。背中を丸めサッカー中継に見入る男と対比してみれば、肩を上下させ荒い呼吸をし、目玉がしびれるほど男をにらみつけている私の姿は、場違いで滑稽《こっけい》な存在だった。私はゆるゆると唇を閉ざし、男の背中から視線を外した。

「あんたって死んでる人みたい」

そうつぶやく私の前を素通りし、男はベッドから枕一つ持って板敷へ行った。中途半端に障子を閉め、こちらに背を向け横たわる。数分もたたないうち、男は布地を裂くような寝息をたてはじめ、やがてそれは地響きめいたいびきにかわる。明りを落とし、枕のないベッドに寝転んだ。カーテン越しに入りこむネオンサインが障子を様々な色にかえる。ぼうう、ぼううう、ネオンサインの点滅にあわせて男のいびきは響く。

眠れないのは喉が渇いているせいだと思い、冷蔵庫に近づいた。小型冷蔵庫の淡い光が私をつつむ。その中にしゃがみこんでビールを流しこんだ。

数センチ開いた障子を引き、板の上に眠る男を見下ろす。足をくの字に折り曲げて眠っている。半開きにした唇の合間から、正体不明の獣じみたいびきを押しだして目を閉じている。

目を閉じるとまぶたの裏でネオンが淡く点滅をくりかえす。そのまま立っていると、限りなく広い田んぼの真ん中に、たった一人立ちつくしている気がした。ぬかるんだ土のそこここに隠れた無数の牛蛙が闇に向けていっせいに不気味な鳴き声を放っている、そこから離れたくても右へ行ったらいいのか左へ行ったらいいのかわからない、広大な場所に。どうして榎本は私がだれかに追われていると思ったんだろう。どうして私は男の車に乗り続けているのだろう。ふいに不安になる。ぬかるんだ土の中にずぶずぶと足元から沈んでいく気分を味わう。

はじかれたように目を開け、真下で眠る男に襲いかかった。男の身につけた浴衣を手あたり次第に引き剝がしていく。目を覚ました男は何が起きているのかわからずに、それでも覆いかぶさる私を反射的に突き飛ばした。男の力は想像以上に強く、突き飛ばされた私は障子に背中を打ちつける。その拍子に障子が倒れ、背中の痛み以上に大げさな音をたてた。起きあがりもう一度男に向かっていき、浴衣のはだけた男の胸に唇を押しつける。左手が触れた帯を夢中で剝ぎ取り、まくれあがった浴衣からのぞく男の白いブリーフを引きずりおろそうと手をふりまわし、幾度か男の肌をひっかいた。男は絡まりついてくる私の両腕をなんとか引き離して、思いきり押しやってくるので私は転び、テーブルの足で頭を打った。痛みは感じず、ふたたび男に飛びかかっていき、男はもちろん、私ももう何がしたいのかわからないいままだ遮る男の腕をふりほどいて男の肌に触れた。

もう一度倒されたとき、私が起きあがるより早く男が立ちあがり、枕を持った手を大きくふりあげた。殴られるのだと思い目を閉じたが、遠くで鈍い音がした。痛みは感じなかった。小雨が降りはじめるような音にゆっくりまぶたを持ち上げると、そば殻があたり一面に飛び散っていた。暗闇の中でそれは血にも見えるのだが、倒れた私の腕に顔にはりついているのはそば殻だった。男が枕を壁にたたきつけたのだと理解するまでしばらくかかった。

大きく肩で息をしながら、中身が抜けてただの布切れになった枕をもとの位置に置き、板の上に寝転がり布切れに頭をのせる。弟の子だ、男の背中からくぐもった声が聞こえた。ゆっくり立ち上がると足の裏にそば殻がぷつぷつとはりついた。

十時過ぎにビジネスホテルを出た。強く照りつける日の中で眠るような飲み屋街を抜け、国道を走る。空は高く、見渡す限り一つの雲もなかった。運転席側の窓にはずっと海が広がっていた。水平線に近づくにつれて海は色を失い透明に輝いている。浜辺には数人の人の姿が見られた。まばらに点在するカラフルな水着が、灰色の砂浜をいろどっている。一時間近く走ったあとで、人のだれもいない薄暗い喫茶店で男と向き合ってランチを食べた。

舌の先で歯に挟まった食べかすを捜し当てるような、くちゃくちゃした音をときおりたてて、男は前方を見ていた。広がる海は一枚の布地のように窓の向こうでじっと動かない。道路標識が見えるたびそこに記された文字を目で追ったが、一つとして私の知っている地名はなく、けれども見知った場所をぐるぐるまわっているような気がした。私はダッシュボードに両足をあげて、並んだ二つの足が揺れにあわせて右へ左へ動くのを眺めた。

木々のうっそうと茂った神社を左折すると二車線の細い道が続く。濃い緑の中に隠れるようにしてまばらに民家が建ち並んでいる。みな瓦屋根の似たような家ばかりだった。家を囲う柵の向こうで、せんべいみたいな色をした犬がこちらに向かってしきりに吠えかかっていた。低く連なる屋根の向こうに、ブルドーザーのふりあげる巨大なシャベルが見え隠れしていた。車が進むにつれて土埃の中黄色いブルドーザーがはっきりと見えてくる。古びた家の解体作業が行われているのだった。その家の真ん前まできて、男は車をわきに寄せブレーキをふんだ。こちらがわの壁が完全に崩され、舞台のセットのように家の中がむきだしになっている。男は首を伸ばしてそれを見ていた。私も男の背中にはりつくようにして、天井や壁が崩されていく様子を眺めた。

私たちの前にさらけだされた家の内部は、ついさっきまで生活していた人たちの体温がまだ残っているようだった。壁には絵が掛けられたままになっており、口を開いた押し入れにはふとんが数枚残っている。二階の和室に下げられた電気の傘が振動で大きく揺れていた。階段の隣の部屋には黒ずんだたんすが引きだしの口を開いたまま置かれていて、その上にはガラスケースに入った日本人形がこちらを向いていた。巨大なシャベルはあっという間に階段を崩し、押し入れの襖を崩していく。そのつど埃と木材のかすが舞い上がり家は黄色く染まった。シャベルが揺れ続けていた電灯をふり払うように落とし、男は車を出した。壊されるのを待っている日本人形が首をまわして遠ざかる私たちを見送っているような気がした。

「たちばなから金を盗んだって、だからもう帰れないって、あれ、うそだよ」ハンドルを握る男の黒ずんだ指を見つめて私は言った。

「あんた私を助けてくれてるつもりなのかもしれないけど、あんなのうそなんだから、私はただ暇つぶしをしてるだけなんだから」

男は尻の下に手を入れカセットテープを取りだし、そのままデッキには差しこまず右手でもてあそんでいる。首を傾けて男を見なくても、男がなんの反応も示していないことはわかる。けれどもっと何か話したかった。男のかぶるカプセルに跳ね返ってくるだけだとしても、言葉を発したかった。次々と流れ去る瓦屋根の民家を目で追いながら私はしゃべった。男に向かって、ではなく、車の中に自分の言葉をばらまくためだけに。

「私、子供のころあんたみたいな男に誘拐されそうになったことがあるよ。そのときのこと、よく思いだすんだ。もしあのとき車に乗っていたらどうなってただろうって。私は二度と自分の家に帰れなかっただろうか、犯されただろうか、殺されてただろうかって。それとも犯されも殺されもせずに、私がいるはずの場所以外の、どこでもない場所で、普通に生きてたのかもしれないなあ、とかね」

そこまでしゃべって、記憶の中から私の前でとまった赤い乗用車を引きずりだそうとする。ひとけのない早朝の道路、時刻表の錆びたバス停に立つ私、すべりこんできた赤い車。けれど思い浮かんだのは、ロータリーで男の車を捜す私と、白いバンの窓を開け放ち顔を突き出している男の姿で、幼いころのあの記憶が実際に起きたことなのかふとわからなくなる。TVが幼い子供を車で連れさる誘拐犯の手口を連日流していたのを覚えている。何を言われても知らない人の車に乗ってはいけませんと、学級会でも夕食後の食卓でも繰り返し注意されたのを覚えている。そして実際、赤い車は私の前にとまったのか、色の白い歯並びの悪い男が乗りなよ、とささやいたのか。早朝のバス停で私は待っていただけではなかったのか、いつも遅れてやってくるバスではなく、私の目の前でとまり、私に向かって乗れと、どこかへ連れていってやると言葉を押し出す見知らぬだれかを。

せま苦しい曲がり角で男は慎重にハンドルを操る。角に建つ丸いミラーに私たちの姿が小さく映る。道幅は広くなるが相変わらず似たような家がぽつぽつあらわれては流れた。

「どうしてあのとき、私あの車に乗らなかったんだろうって考えることがあるんだ。もちろんこわかったからだけど、何が一番こわかったのかなあって。殺されることか、乱暴されることか、それとももっとべつのことか」

私は言葉を続けるが、それはほかの人の声のように響いた。耳に届く言葉を心の中で繰り返していくうち、記憶だと信じていたその光景はどんどん薄べったくなり輪郭をにじませていく。その光景の裏側にべつの何かが透かし見えてくる。目を凝らしそれが何かを見極めようとして、だれにも連れ去られることなく戻っていった自分の家の細部だと気づく。今まで住んできたすべての家の細部が、近づいては後方に消え去る民家のように、浮かび上がって消えていく。学習机から見上げる窓に広がる海、ひんやりと冷たい台所の床、前の住人が描いたのだろうへたくそな柱の落書き、冷蔵庫の中で腐りはじめていたきゅうり、ミシンに向かう母の背中と何かを分解するために丸められた父の背中、漫画を読みふける姉のお下げ、居間に散らばったレコードジャケットとドライバー、どんな過去によって自分が生かされているのか、どんな過去によって今ここにいるのか、浮かび上がるその細部細部が完全に消えないうちに言葉にかえようと口を開くが、それらは、男の手で引き千切られて飛び散った枕の中身みたいにばらばらに散らばって、私は言葉を失う。

「さ、サニー」

静まりかえった車の中で男が小さくつぶやく。顔をあげ、男が口にしたのはたった今すれ違った対向車の車種であることを知る。向こうに広がる青草を背景に、もう一台濃紺の車がゆっくり近づいてくると男はじっと目を凝らし、

「ドマ、ドマーニ」ひとりごとのように口の中で言う。ドマーニのすぐうしろを走る車を見送って、

「シーマ」

低くつぶやく。シーマのあとからふたたび見えてくるが、その車種を私は知らない。カローラ、男は言う。アウディ、シビック、パジェロ、ブルーバード。まばらにすれ違う車の名を男はどもらずに一人続ける。車種などただの一つも知らない私はその羅列に入りこめず、くりかえされる男の低いくぐもった声をただ聞いていた。やがて夏草の向こうに川があらわれ、橋を渡るころには対向車は一台も見えなくなった。堤防に麦わら帽をかぶった中年男がじっと立ちつくして川を見下ろしていた。

川沿いに、たった一軒建つ店の前で男は車をとめた。三十坪ほどの二階建ての建物で、店というよりは山小屋を思わせた。軒先にすっかり色の褪せた、清涼飲料水の名が描かれた旗が垂れ下がっていることでようやくそれが店なのだとわかる。あたりに

店はもちろんのこと、民家ですらも見あたらない。数メートル先に廃車置場があるだけだった。男は黙って車をおり、うしろから段ボールを一つ持って店のガラス戸の向こうに消えた。

白くまるい雲で埋めつくされた空を数羽の鳥が連なって飛んでいく。窓ガラスを開けると水の流れる音がした。川沿いを、自転車に乗った子供が過ぎていく。私は車をおり、廃車置場まで歩いた。前方に黒々した山が、両手を広げるようにそびえていた。

ぺしゃんこに潰れた車がいくつも積み上げられ、窓ガラスがなかったりドアがもげていたりする車が行儀よく並んでいた。車のうしろに書かれている車種名を、可能な限り読みあげて歩いた。マーチ、エース、プリメーラ、ボルボ、マークII。

車に戻ったが男はいない。店の窓ガラスを見遣るが、埃をかぶったガラス戸は橙に染まりはじめた空を映しているだけだった。背後の段ボールからエロ雑誌を捜して、助手席に戻ってぱらぱらめくった。気がついたらこちらに尻をつきだしている女のページを開いたまま眠りこんでいた。けれど運転席に男の姿はない。空を染めていた橙はもう青に飲みこまれつつあった。時計を見る。男が店に入ってから、二時間近くたっている。またまんじゅうを食わされているにしても遅すぎる。川を背に、潰れた空き缶のように建つ店に明りはついていない。車をおりて店に近づいた。曇ったガラス戸に私の姿が映る。髪はぼさぼさで、どことなく薄汚いなりをした女がじっとこちらを見ている。ガラス戸の取っ手にそっと触れると、指にざらざらした感触が残った。ゆっくり引く。薄暗い店内に足を踏み入れる。

狭い店だった。天井からさまざまなものが垂れ下がっている。輪ゴムでくくられたボールペン、ビニールに詰まった駄菓子、スーパーボール、紙風船。ひび割れたガラスのショーケースには、スナック菓子がぎゅうぎゅうに押しこめられ、パッケージを彩る原色が抽象画のように見える。棚に並んだノートも消しゴムも埃をかぶっていて、取っ手に触れたときの感触を思いだす。店はひんやりとしていて、人の気配がまるでない。壁にかかった時計が秒を刻み、その音がまるで違うもののように大きく響いている。さっきたしかに男はこの店のガラス戸を開けて中に入っていったのに、どこへ行ってしまったのだろう。この店の影の中に吸いこまれてしまったのか。

狭い店内をゆっくりと進み、突き当たりが階段になっていることに気づいた。手をかけ上を見上げるが、上段はなおさら深い闇に覆われていて、その奥がどうなっているのかわからない。そのままどこかにつれていかれそうなほど冷たい階段に両手をつき、上半身を反らせてじっと闇の奥を見上げてみる。何も音は聞こえてこない。聞こえてこないが、たしかに人のいる気配がする。男と店の人は二階にいるのだと理解したとたん、耳が赤くなるのを感じた。客のふりを装い、声を出して店の人を呼んでみようとどこかで思うが、思うように声が出ない。手をついた階段の先、ひんやりした板の連続を飲みこむ深い闇をのぞきこんで、男の意志的にかぶるカプセルは拒絶ではなかったのだとそんなことに思いあたる。自分とへだてられたいっさいを拒絶しようとしていたのではなく、それらから自分の身を守りたかっただけなのだ、拒絶というのはこの深い闇のようなものだ、けれどそんなことを知るために車に乗り続けていたわけではない。逃げるようにして店を出た。垂れ下がっていたボールペンの束がぶつかった拍子に床に落ちた。かまわず外に走りでて、車に乗りこみエンジンをふかす。白いライトがまっすぐ廃車置場を照らし、思いきりUターンするとタイヤがきしんでいやな音をたてた。折れ曲がったサイドミラーの中で、へしゃげた二階屋が小さくなっていくのをちらちらと盗み見た。何か音楽を聴こうと左手でラジオをいじるが、ざらついた雑音ばかりがくりかえされ、むしゃくしゃしてスイッチを切った。

道なりに進むうち、さっき通りかかった解体現場にたどり着いた。ブルドーザーはなく、家はすっかり壊されて、崩された家のかけらが小さな山を作っていた。あの山の中に、こちらを見ていた日本人形も横たわっているのだろうか。わきにとめた車をおり、しんと静かに積み上げられた山に足をかける。頑丈な足場を捜して残骸の上を歩き、しゃがみこんで足元に目を凝らした。崩された木材に混じっていろいろなものがあった。壺のかけらや赤い布地、テープの飛び出たカセットやビデオケース、焼け焦げた鍋や英和辞典、ガラスケースにおさまっていた日本人形は見つけられなかったが、かわりに、雛人形の首ばかりいくつか転がり落ちていた。ガラスの外れた窓枠が転がり、玄関の扉がそのままの形で打ち捨てられていた。財布からスタンプカードを抜き取りばらまいてみる。闇の中カードは白く舞い、鍋の上に、雛人形の上に、玄関の扉の上に落ちる。散らばったカードは最初からこの残骸の中に混じっていたように見えた。打ち捨てられた他人の生活の一部に見えた。

眺めては場所を移し、またしゃがみこんで足元を眺める。いくつもの家の残骸が月の光に照らされている。深い木のにおいがする。森のにおいと似ているけれど少し違う。もっと深く、根をはったような、下に下に伸びていき、地中で絡まりあった根っこの中に座っている気がする。

　私は思いきり息を吸いこみ、朽ちた木々の中に存在していたはずのにおいを捜しはじめる。焼き魚やカレーライス、ピアノのふたを開けたときのにおいや幼い子供の甘やかな体臭、母親のうなじからにおう白粉、風呂場の洗剤のにおい、シャンプーの泡、三角コーナーで腐っていく残飯、見たこともない家族の、無数のちっぽけなにおいが、地中深く絡まりあった根のそこここにこびりついている。下着をおろして闇の中に尻を出し、吸ったぶんだけ息をはいて同時に放尿した。ひっそりとにおいを放っていた家の残骸は私の尿のにおいにつつまれる。立ち上がり、湿った木や布や紙を見下ろして、顔をあげたとき男の姿が目に入った。

　闇の中、歩いてきた男は瓦礫の中に足を踏み入れ、私のほうをちらりとも見ず、残骸を物色しはじめる。何かのかけらを手に取り、眺め、もとに戻してまたべつの何かを拾いあげる。雛人形の首を一つ手にしてまじまじと眺めている男の、丸めた背中を私も無言で見下ろした。瓦礫の中から額に入った絵を取り出して男はそれをわきによける。三分の一ほどもとの形を保っているものの、それでもあちこち折れまがり切り離された多分本棚であっただろう木材を拾いあげてそれもよける。私もその場にしゃがみ、まだ使えそうなものを捜した。焦げついた鍋はまだ使えそうだったし、五徳は壊れかけていたがガスコンロもあった。割れていない茶碗やお猪口もあった。水の流れる音がしてふりむくと、耳の奥を撫でつけるようなその音は水の流れではなく、背後にある竹林が風になびく音だった。一つ一つものを捜し当てる男は私のすぐそばまできて、背を丸め、重なりあった木材をよけ奥にあるものを取りだしている。男の吸ったり吐いたりする息づかいがすぐ近くで感じられる。

「あ、あそこに家ができたら、あそこから仕事にいく」男が低い、うめくような声で言った。「ある日行かなくなる。だれも気づかない。おれはいなくなる。ど、どこにもいなくなる」

男はそれきり言葉を切って形の崩れた窓枠を持ち上げた。

どこにもいなくなるために作り上げる家をなぜ男はもので満たそうとしているのだろう。家というものが、実用品とそうでないものを、必要なものと無駄なものを、ごたごた並べたてた場所だと男はどこで知ったのだろう。どこで何を見て真似をしようとしているのだろう。

男がより分けたものを車に運ぶのを手伝った。板切れ数枚と、割れた額縁、本棚の残骸、コードのないばかでかいカセットデッキ、それから私の拾い集めた欠けていない瀬戸物。すべて積みこむと男は運転席に座り、私が助手席に乗りこむのをじっと待っていた。

草の中に私たちの運びこんだものが一つずつ置かれていく。わずかな平地に、ちゃぶ台があり鏡台があり、ガラスのない窓枠があり不揃いな茶碗がある。すべて並べ終えると男はポケットから二つ缶詰を取りだした。錆びた缶切で缶を開け、一つを私に手渡す。私に手渡されたのはさんまで、男が持っているのは焼き鳥の缶詰だった。そういえば夕食を食べていなかった。男は片膝を立ててちゃぶ台につき、手づかみで缶詰を食べはじめる。見ていると急激に空腹を感じ、私もその、ぬらぬらした魚を口に運んだ。ひょっとしたら、と、ちゃぶ台の前に座り考える。父のステレオセット、母のミシン、姉の道具箱、それらが橋のたもとに並べられていたら私たちは何も考えずそこに集まって食事をしたのかもしれない。いや、ステレオセットでなくても、ミシンでなくても、道具箱でなくても、分解されつくし意味不明のパーツであっても。

缶詰の食事を終えると男はちゃぶ台を離れ、拾ってきた板切れを一箇所に集めはじめる。男は慎重な手つきで板切れを草の上に並べる。私はちゃぶ台に肘をつきその様子を眺めていた。耳元でかよわい音をたてて羽虫が飛びまわっていた。屋根と壁のない家に配置されたものたちは、月の光にぼんやりと照らしだされている。男は板切れや木材の長さを比べ、短いものは左へ、長いものは右へとよけていく。いつか海岸で見かけた、ベニヤをくりぬいた四角が海を映す窓に見えたように、男の周囲に家が見えはじめる。捨てられたもので構成された家の中が見えてくる。木材をつなぎあわせてできあがった粗末な小屋は、木々で覆われたしかに見えなくなる。尻を落とした草が湿って冷たいので立ち上がる。数歩下がる。男は気づかない。飽きもせず木材の長さを比べている。もう少し下がる。やわらかく吹く風に木々が揺れ、波に似た音をいっせいにたてはじめる。細い山道までいくと男の姿は見えなくなる。そっと足を踏みだし山道を下りはじめる。

下るにつれてかすかに波の音が聞こえてくるが、次第にそれも、頭上で揺れる葉の音なのかそれとも風に乗った海の音なのかわからなくなってくる。湿った緑の深いにおいが鼻をつく。ふりかえっても木々の幹と低い枝が視界を遮り、その先に、本当に男がいるのか、本当に壊れた家具の放置された場所があるのか疑わしい。走るようにして山道を下った。闇の中にぼんやりと光る地蔵のわきで、木々に覆われた山を見上げた。男がどのあたりにいるのかまったくわからない。まっすぐ空を目指す木々は、両手を頭上にあげ緩やかに踊る人々のようにしなやかに揺れ動いて、私が目を凝らし男の居場所を捜すのを遮る。男は下りてこない。錆びた自動販売機のわきに、あちこちぶつけてへこんだ白いバンが、廃車のように放置されている。次第に不安になる。もう一度枝と雑草をふり払いながら細い山道を上がっていっても、男の姿も、配置された家具も、見あたらないのではないかと一瞬思う。暗闇の中に黄色いライトをすべらせて一台の車が走りすぎる。反射的に私はふりむき、道路沿いに立って、過ぎ去る車のテールランプを目で追った。闇に吸いこまれるようにそれは消える。

両手がべとつくのでポケットをまさぐるが、出てきたのは数枚の紙幣と一枚のメモだけだった。メモを開く。牛薄切り肉、デミグラスソース、たまねぎ、暗号じみた文字の羅列にべとつく指を押しつける。メモ書きは薄茶色に染まった。

カーブの向こうに目を凝らす。かすかな波の音と葉のこすれあう音が混ざりあって耳に届く。その静かな音は足元のコンクリートをゆっくり崩しはじめているように感じて、いつのまにか波打ち際でそうするように足に力をこめている。フルスピードでライトが近づいてくる。私は一歩前に踏みだし、片手をあげる。けれど白い車は目の前を通り過ぎていく。ふりかえって山道の入り口をたしかめた。目も鼻も削りとられた地蔵がいるだけだ。また一台、反対車線に車がやってくる。大きく手をあげ、右左にふってみるが、やっぱりそれは猛スピードで走り去っていく。男はきっとしゃがみこんでいた私が消えたことに気づいて、あわてて山道を下りてくるだろう。両手を掲げて踊る木々の合間を駆け下りてくるだろう。地蔵がたたずむその位置に、おどおどした目を私の足元に向けて男が立っている気がしてふりむくが、やっぱりそこにはただ白い地蔵がいる。もう一度、遠くに見えたヘッドライトに向かって私は手をふり、飛び上がって合図をする。ここから逃げようとしているのか、それとも男に追いかけられるのを待っているのか、わからなくなる。水色の車が私の前を徐行して通り過ぎる。からかうようにクラクションを鳴らすが、とまる気配は見せなかった。男は今どこにいるのか、そっとふりむくと背後で闇に溶けだすように木々はやわらかく揺れ続けている。

解説

藤田香織

角田光代さんの小説を読み終えて、顔を上げた瞬間、私はいつもそう声に出してしまいます。

「はぁー……」

どっぷり重くなった気分をふり払うためではありません。夢見るような世界が終ってしまった寂しさでもない。難解で理解不能な小説を読んでしまった疲労感とも違う。つい漏らしてしまうため息でもなく、猛《たけ》り狂うような魂の叫びでもなくて、語尾はちょっと上がり気味。

もっと厳密に言うと「はぁー」でもなくて「ふわぁー」とか「うふぅー」という感

じに近いかもしれません。そのなんとも表現し難いひと息を吐いた後、じっと表紙を見る。タイトルと〈角田光代〉という文字を見返す。そのとき、私の口角はいつも確実に上がっていて、鏡に映せば「ムフ」とか「ニンマリ」と表せるに違いない顔になっていると思われます。ま、実際見たことはないのだけれど、多分。絶対。

そしていつも思うのです。

「よし、頑張ろう」と。

よし、よし、よし。明日はきっといい日だ。いい日じゃないかもしれないけど、大丈夫。何が大丈夫なんだかよくわからないけど、でもきっと、大丈夫。そんな気がしてくるから不思議です。読む前よりも、確実に気分が軽くなっている私は「ムフ」という表情をキープしたまま、ひとりまた、ニヤニヤ思います。

あぁ〈角田光代〉の本に出会えて良かった。角田さんが書き続けてくれていて、本当に良かったな、と。

いきなりこんな事を言い出すと、いささか危ない人のように思われてしまうかもしれませんが、私はよくぽっかりあいた穴に落ちます。

この世の中には沢山の落とし穴があって、誰にでも見える穴もあれば、巧妙に隠された穴もある。その穴をよく見極めて、すいすい歩いて行ける人や、見もしないのに不思議と落ちたりしない運のいい人もいれば、見極めているつもりなのに、視力が悪いのか、反射神経が鈍いのか、何度も何度もずどーんと落ちてしまう人もいます。私はもう圧倒的に後者で、そのたびに深い傷を負ってしまう。

あまりにも怪我ばかりしているので、こりゃいったいどうしたかと普通の人の歩き方を観察してみた結果、ようやく気付きました。

穴に落ちない人は、基本的に身体能力が高いのです。穴があるな、と察知したら、ひょいっと飛び越える力があり、進む先に自分ひとりでは飛び越えられないほど大きな穴を見つけたら、自分の持っている力をフル活用して、手を貸してくれる人を見つけ出す。そもそもあらかじめ、穴の少ない道を選ぶという知恵もある。

一方、私は、予習もせずに気分で好きな道を行き、手を貸してくれる人を探す努力もしないで突き進む。身体能力を高める努力もせずに、ちょっと先に楽しそうなものがあればやみくもに走り出すので、何度も何度も穴に落ちる。そのくせ、穴から這《は》い上がると、落ちたことはすっかり忘れてろくに反省もしないから、またすぐに同じ穴にはまってしまう。自分でも、ちょっとおかしいんじゃないかと思います。

普通の人が、普通に見極められる穴が、なぜ見えないのか。普通の人が、普通に進んでいける道を、なぜ歩けないのか。危ないという自覚があるのに、どうしてもっと落ち着いて考えられないのか。

器用に穴を避けながら、どんどん先へ進んでいってしまう人たちの背中を見送りながら、ぐるぐるぐるぐる同じ場所を回り続け、どんどん時間がなくなっていく――そんな、何とも言えない焦りや不安で息苦しくなってきたとき、私は角田さんの本を開くのです。

既に〈角田光代〉の小説を何冊も読んでいる人は、よーく御存知だと思いますが、彼女の描く物語の主人公たちは、基本的に「穴に落ちる人」です。身体能力も低いし、穴に落ちない知恵があるとも言い難い（失礼）。それどころか、穴に落ちないように注意しよう、という気すらない人も多い。『空中庭園』（文藝春秋）の京橋家の人々は、穴の存在にも気付いていないし、『愛がなんだ』（メディアファクトリー）のテルコは穴に向かって激走しているし、『太陽と毒ぐも』（マガジンハウス）の恋人たちに至っては、落ちた穴をさらに掘ろうとしている。本書の中に収録されている「夜か

かる虹」「草の巣」の両ヒロインなどは、そっちへ行けば穴があるのだと、わかって

いるのに立ち止まろうともせずに、どんどん歩いて行ってしまう。まったくもってダメダメです。

けれど、私は角田さんの書く人物たちを、笑えません。

そして、私が〈角田光代〉の小説が好きな理由も「登場人物のダメさ加減に共感できるから」というだけではない。自分と同じように、穴に落ちる人ばかりだから好きなわけではなく、その穴に落ちる人たちの「迷い」や「揺れ」が、実にリアルだから好きなのです。加えて、角田作品の登場人物たちには「こっちの道へ行けば安全だよ」と、教えてくれる人のアドバイスなど気にとめず、自分の行きたい道を行くのだ、という強さがある。その結果、彼女たちは当然のように穴に落ちるわけですが、穴を恐れて足踏みしかけているとき、その潔さにはとても勇気づけられます。

実は先日、『庭の桜、隣の犬』（講談社）の著者インタビューで、初めて角田さんと話をする機会を頂いたのですが、そのときとても印象深いことを聞きました。

「小説を書く上で、いちばん大切にしていることは何ですか？」という問いに、角田さんはこう答えてくれました。

「できるだけ嘘を吐《つ》かないように。嘘というか、自分の知らないことを知っているかのように、自分の中で答えが出ていないことを答えを出したかのようには書かない、ということでしょうか」

知らないことを知っているかのように書かない。答えが出ていないことを、解ったかのように書かない。これは一見、当たり前のようでいて実はとても難しいことなのです。小説というものは、別に解らないこと、知らないことを書いても、何の問題もないわけで、いやむしろ、読者を納得させるには、知らないことでも言い切ってあげたほうが解り易いと喜ばれることもある。でも角田さんは「それも解るんですけど、まだそうすることには抵抗があるんです」と言う。

そのとき私は、本当に失礼ながら「あぁバカだ！」と思いました。以前、他のインタビュー記事で角田さんが「昔よく先輩たちにきみはバカだと言われた」と話しているのを読んだときは、その理由がよく解らなかったのだけれど、実際に話を聞いて、なんだかとっても納得してしまった。角田さんは、きっと正直すぎるのです。上にバカがつくほど、自分の気持ちに対して。そして小説を書くということに対して。

でも、だからこそ、その力はとても真《ま》っ直《す》ぐに読者に届く。

私は、仕事柄あらゆる年代の作家さんの、あらゆる小説を読みますが、角田さんの紡ぐ言葉ほどストレートで、なのに繊細な文章はないと思います。

純文学から児童文学、恋愛小説、そして家族小説と作品の幅を広げ、旅行記やエッセイも手がける角田さんは、それでいて決して「器用な作家」ではありません。ただ、一歩一歩懸命に、信じた道を進んでいるだけに過ぎない。そしてその結果は、今、確実に花開こうとしています。

幼い頃から作家を志し、本格的にデビューしてから十五年経ったいまなお、角田さんは小説を書くことに一度も飽きたことがないそうです。そして、多分、これからもきっと、飽きることはないのだろうな、と、私は確信している。これからもずっと、彼女の小説を読むことができる。こんな作家が同世代にいてくれる幸せ（私は角田さんよりひとつ年下）を思うと、やっぱり顔がニヤけてしまいます。

ひとつ息を吐いて、大きく息を吸う。

大丈夫。穴に落ちまくり、ぐるぐる迷い続けていても、明日はまた違った景色が見えるはず。そして、できてしまった傷はいつか必ず癒《い》えると、私はもう知っている。

だからきっと、大丈夫。自信はないけど、元気は充電されています。

最後に。角田さんは現在、心ひそかに大いなる野望を抱いているとか。

それがどんなビックリなのかは、きっとそう遠くないうちに明らかになるはずです。楽しみに「その日」を待ちましょう。

初出誌
夜かかる虹　「群像」一九九四年一一月号
草の巣　「群像」一九九七年六月号

本書は、一九九八年一月、小社より『草の巣』として刊行されました。文庫化にあたり改題しました。

|著者|角田光代　1967年神奈川県生まれ。早稲田大学第一文学部卒業。'90年「幸福な遊戯」で「海燕」新人文学賞を受賞しデビュー。'96年『まどろむ夜のUFO』で野間文芸新人賞、'98年『ぼくはきみのおにいさん』で坪田譲治文学賞、『キッドナップ・ツアー』で'99年産経児童出版文化賞フジテレビ賞、2000年路傍の石文学賞、'03年『空中庭園』で婦人公論文芸賞、'05年『対岸の彼女』で直木賞を受賞。他の著書に『エコノミカル・パレス』『愛がなんだ』『All Small Things』『庭の桜、隣の犬』『人生ベストテン』『恋するように旅をして』など多数。

夜《よる》かかる虹《にじ》

角田光代《かくたみつよ》

2004年11月15日第1刷発行
2005年3月28日第3刷発行

発行者――野間佐和子
発行所――株式会社　講談社
東京都文京区音羽2-12-21　〒112-8001
電話　出版部（03）5395-3510
　　　販売部（03）5395-5817
　　　業務部（03）5395-3615

Printed in Japan

講談社文庫
定価はカバーに
表示してあります

デザイン―菊地信義
製版――凸版印刷株式会社
印刷――豊国印刷株式会社
製本――株式会社若林製本工場

落丁本・乱丁本は購入書店名を明記のうえ、小社業務部あてにお送りください。送料は小社負担にてお取替えします。なお、この本の内容についてのお問い合わせは文庫出版部あてにお願いいたします。

ISBN4-06-274925-4

講談社文庫刊行の辞

二十一世紀の到来を目睫に望みながら、われわれはいま、人類史上かつて例を見ない巨大な転換期をむかえようとしている。

世界も、日本も、激動の予兆に対する期待とおののきを内に蔵して、未知の時代に歩み入ろうとしている。このときにあたり、創業の人野間清治の「ナショナル・エデュケイター」への志を現代に甦らせようと意図して、われわれはここに古今の文芸作品はいうまでもなく、ひろく人文・社会・自然の諸科学から東西の名著を網羅する、新しい綜合文庫の発刊を決意した。

激動の転換期はまた断絶の時代である。われわれは戦後二十五年間の出版文化のありかたへの深い反省をこめて、この断絶の時代にあえて人間的な持続を求めようとする。いたずらに浮薄な商業主義のあだ花を追い求めることなく、長期にわたって良書に生命をあたえようとつとめるところにしか、今後の出版文化の真の繁栄はあり得ないと信じるからである。

同時にわれわれはこの綜合文庫の刊行を通じて、人文・社会・自然の諸科学が、結局人間の学にほかならないことを立証しようと願っている。かつて知識とは、「汝自身を知る」ことにつきていた。現代社会の瑣末な情報の氾濫のなかから、力強い知識の源泉を掘り起し、技術文明のただなかに、生きた人間の姿を復活させること。それこそわれわれの切なる希求である。

われわれは権威に盲従せず、俗流に媚びることなく、渾然一体となって日本の「草の根」をかたちづくる若く新しい世代の人々に、心をこめてこの新しい綜合文庫をおくり届けたい。それは知識の泉であるとともに感受性のふるさとであり、もっとも有機的に組織され、社会に開かれた万人のための大学をめざしている。大方の支援と協力を衷心より切望してやまない。

一九七一年七月

野間省一

笠井 潔 ヴァンパイヤー戦争《ウォーズ》 2〈月のマジックミラー〉
笠井 潔 ヴァンパイヤー戦争《ウォーズ》 3〈妖僧スペシネフの陰謀〉
笠井 潔 ヴァンパイヤー戦争《ウォーズ》 4〈魔獣ドゥゴンの跳梁〉
笠井 潔 ヴァンパイヤー戦争《ウォーズ》 5〈謀略の礼部クーデター〉
笠井 潔 ヴァンパイヤー戦争《ウォーズ》 6〈秘境アフリカの女王〉
笠井 潔 ヴァンパイヤー戦争《ウォーズ》 7〈蛮族トゥトゥインガの逆襲〉
笠井 潔 ヴァンパイヤー戦争《ウォーズ》 8〈ブドゥールの黒人王国〉
笠井 潔 ヴァンパイヤー戦争《ウォーズ》 9〈ルビヤンカ監獄大襲撃〉
川田弥一郎 白く長い廊下
加来耕三 信長の謎〈徹底検証〉
加来耕三 龍馬の謎〈徹底検証〉
加来耕三 武蔵の謎〈徹底検証〉
加来耕三 新撰組の謎〈徹底検証〉
加来耕三 義経の謎〈徹底検証〉
河上和雄 好き嫌いで決めろ
香納諒一 雨のなかの犬
鏡リュウジ 占いはなぜ当たるのですか
神崎京介 女薫の旅
神崎京介 女薫の旅 灼熱つづく
神崎京介 女薫の旅 激情たぎる
神崎京介 女薫の旅 奔流あふれ
神崎京介 女薫の旅 陶酔めぐる
神崎京介 女薫の旅 衝動はぜて
神崎京介 女薫の旅 放心とろり
神崎京介 女薫の旅 感涙はてる
神崎京介 女薫の旅 耽溺《たんでき》まみれ
神崎京介 女薫の旅 誘惑おって
神崎京介 女薫の旅 秘に触れ
神崎京介 滴《しずく》
神崎京介 イントロ
神崎京介 イントロ もっとやさしく
神崎京介 愛技
神崎京介 無垢の狂気を喚び起こせ
加納朋子 ガラスの麒麟
川上信定 本当にうまい朝めしの素《もと》
金城一紀 GO
かなざわいっせい ファイト!〈麗しの名馬、愛しの馬券〉
鴨志田穣 西原理恵子 アジアパー伝
鴨志田穣 西原理恵子 どこまでもアジアパー伝
角岡伸彦 被差別部落の青春
角田光代 まどろむ夜のUFO
角田光代 夜かかる虹
川井龍介 122対0の青春〈深浦高校野球部物語〉
金村義明 在日魂
金田一春彦 安西愛子 編 日本の唱歌全三冊
岸本英夫 死を見つめる心〈ガンとたたかった十年間〉
北方謙三 君に訣別の時を
北方謙三 われらが時の輝き
北方謙三 夜の終り
北方謙三 帰路
北方謙三 火焔樹
北方謙三 秋ホテル
北方謙三 遠い港
北方謙三 錆びた浮標《ブイ》
北方謙三 汚名の広場
北方謙三 活路
北方謙三 余燼 (上)(下)

講談社文庫　目録

北方謙三　夜の眼
北方謙三　逆光の女
北方謙三　行きどまり
菊地秀行　魔界医師メフィスト〈黄泉姫《よみひめ》〉
菊地秀行　魔界医師メフィスト〈影斬士《えいざんし》〉
菊地秀行　魔界医師メフィスト〈夢盗人《ゆめぬすびと》〉
菊地秀行　魔界医師メフィスト〈怪屋敷〉
菊地秀行　懐かしいあなたへ
菊地秀行　吸血鬼ドラキュラ
北原亞以子　深川澪通り木戸番小屋
北原亞以子　深川澪通り燈ともし頃
北原亞以子　新地橋〈深川澪通り木戸番小屋〉
北原亞以子　降りしきる
北原亞以子　風よ聞け〈雲の巻〉
北原亞以子　贋作天保六花撰《うそばっかりえどのはなし》
北原亞以子　花冷え
北原亞以子　歳三からの伝言
岸本葉子　旅はお肌の曲がり角
岸本葉子　三十過ぎたら楽しくなった！
岸本葉子　家《うち》もいいけど旅も好き
岸本葉子　四十になるって、どんなこと？
岸本葉子　本がなくても生きてはいける
桐野夏生　顔に降りかかる雨
桐野夏生　天使に見捨てられた夜
桐野夏生　OUT《アウト》(上)(下)
桐野夏生　ローズガーデン
京極夏彦　文庫版姑獲鳥《うぶめ》の夏
京極夏彦　文庫版魍魎《もうりょう》の匣《はこ》
京極夏彦　文庫版狂骨《きょうこつ》の夢《ゆめ》
京極夏彦　文庫版鉄鼠《てっそ》の檻《おり》
京極夏彦　文庫版絡新婦《じょろうぐも》の理《ことわり》
京極夏彦　文庫版塗仏《ぬりぼとけ》の宴―宴の支度
京極夏彦　文庫版塗仏の宴―宴の始末
京極夏彦　文庫版百鬼夜行―陰
北森　鴻　狐罠
北森　鴻　メビウス・レター
北森　鴻　花の下にて春死なむ
北村　薫　盤上の敵
岸　恵子　30年の物語
木村　剛　小説ペイオフ〈通貨が堕落するとき〉
霧舎　巧　ドッペルゲンガー宮〈《あかずの扉》研究会流氷館へ〉
霧舎　巧　カレイドスコープ島〈《あかずの扉》研究会竹取島へ〉
黒岩重吾　古代史への旅
黒岩重吾　天風の彩王(上)(下)〈藤原不比等〉
黒岩重吾　雨《う》毒《どく》
黒岩重吾　中大兄皇子伝(上)(下)
栗本　薫　優しい密室
栗本　薫　鬼面の研究
栗本　薫　伊集院大介の冒険
栗本　薫　伊集院大介の私生活
栗本　薫　伊集院大介の新冒険
栗本　薫　仮面舞踏会〈伊集院大介の帰還〉
栗本　薫　怒りをこめてふりかえれ
栗本　薫　タナトス・ゲーム〈伊集院大介の世紀末〉
栗本　薫　青の時代〈伊集院大介の薔薇〉
栗本　薫　早春の少年〈伊集院大介の誕生〉
倉橋由美子　よもつひらさか往還

2005年3月15日現在